新潮文庫

片眼の猿

—One-eyed monkeys—

道尾秀介著

新潮社版

8737

片眼の猿　目次

本文イラスト＝松昭教

片眼の猿——One-eyed monkeys——

1　どうして犬は

冬になると、どうも心が騒いで仕方がない。

月曜日、午後十二時三十分。

左から右へ並んだ『器楽口谷』という立体文字を間近で眺めつつ、俺はコッペパンに齧《かじ》りついた。吹き抜ける風がやけに生ぬるい。このオフィスビルの屋上に、いつになく人が多いのも、そのせいだろう。

「あと半月で、師走《しわす》だってのに……」

背後を見る。男女問わず、上着をはおっている社員はいなかった。金網に背中を預けて笑い合っていたり、ベンチの上で弁当を広げていたり、携帯電話のディスプレーを難しい顔で眺めていたり。それぞれ思い思いのかたちで一時間の昼休みを過ごしている。金網の上に鳩《はと》が何羽かとまって、平和そうに咽喉《のど》を膨らませていた。

中野区にある楽器メーカーの老舗《しにせ》、谷口《たにぐち》楽器本社ビルの屋上だ。

鳩に目をやっているうちに、ふと秋絵のことを思い出した。あいつと知り合ったのも、ちょうどこんな小春日和《こはるびより》の午後だった。背の高いビルに囲まれた、小さな公園のベンチに座り、秋絵はいつも一人で鳩を眺めていた。

大好きな鳩を。

俺が思い切って声をかけたときの秋絵の反応は、いまでもはっきりと憶《おぼ》えている。驚いて顔を上げ――俺の容貌《ようぼう》を見た瞬間、さらに驚いて身体《からだ》を強張《こわば》らせ――しかし、すぐに微笑してみせた。その微笑を俺は、ある〝差別的な感情〟を意識的に打ち消そうとした結果生じたものなのだと思った。初めて俺と会った、心ある人たちは、みんな同じような表情をしてみせる。しかし秋絵のそれは、どこか違った。あの笑顔を見た瞬間俺は、初対面の二人のあいだに、たしかに何かが通じ合ったような気がした。この人となら、きっとわかり合える――そんな思いを、俺は抱《いだ》いた。

それなのに。

「けっきょくあれも、俺の思い込みだったってことか」

秋絵が俺の部屋を出ていってから、もう七年になる。

死んでからは、六年と十一ヶ月だ。

秋絵は俺に、何の相談もしてくれなかった。何の素振りも見せてくれなかった。俺は嫌な予感さえおぼえていなかった。ほんとうの人生では、何かとても悪いことが起きる前に、嫌な予感などしてくれないものなのだ。俺はあのとき、初めてそれを知った。

遺体が発見されたのは、福島県の山中、林道から木々の隙間《すきま》を五分ほど分け入った場所だった。秋絵はそこで、大きなクヌギの木に結んだロープの先にぶら下がっていたらしい。遺書はなかった。秋絵が死地に選んだその山は、俺たちが一度だけ小旅行に出かけた場所だった。

以来、俺は人との深い付き合いを拒絶するようになった。

いや――もともと他人に対する興味など、俺には一切なかったのだ。子供の頃、脱衣所の鏡に映った自分の姿を見た、あの日から。すぐ鼻先で自分を見つめる少年が、他人と違う、とんでもない容姿をしていることを認めてから。

《じつは、ちょっとした気味の悪い話があるんだ》

そんな声が耳に届き、俺は湿っぽい思い出から揺り起こされた。

若い男が二人、ベンチに並んで腰を下ろしている。青いワイシャツと、白いワイシャツ。いま話を切り出したのは、青いワイシャツの男らしい。

《気味の悪い話?》

白いワイシャツは訊《き》き返す。

《そう。お前、どうして犬は人間の数万倍も鼻が利《き》くのか、知ってるか?》

《また、ずいぶんと唐突だな。──いや、俺は知らない》

《答えは、すごく単純なんだ。でも、それを教える前に──俺がこれからする話を、よく聞いて欲しい》

《何なんだ、いったい?》

《だから、気味の悪い話だよ》

二人の会話に、俺はすこぶる興味をそそられた。じっと耳を澄ます。

《──お前、俺が毎朝内房線《うちぼうせん》で通勤しているのを知ってるよな?》

《ああ、知ってる。袖《そで》ケ浦《うら》から二時間近くもかけて、東京湾をぐるっと回ってくるんだろう?》

《三日前、韓国の航空機が墜落したのも知ってるよな?》

《当然だ。あの日の夜は、どのチャンネルを回しても、そのニュースばかりだった。翌日の新聞も、一面はほとんどそれで埋まってたんじゃないか？　一般紙もスポーツ紙も、ぜんぶ》

あの事故を知らない大人は、おそらく先進国には一人もいないだろう。日本人四人を含む、三百人以上の乗客を乗せた韓国の大型旅客機が阿蘇山《あそさん》の中腹に突っ込んで爆発、炎上したのだ。生存者ゼロ。ただしそれは、発見された遺体の数と搭乗した人間の数が同じだったというだけだ。遺体の多くは損傷が激しく、身元どころか性別さえわからない状態のものもあったと聞く。墜落は、原因不明のエンジントラブルによるものだったとか。

《よし。それなら俺の話もわかりやすいだろう》

青いワイシャツはそう言って、少し声を低めた。

《内房線の、俺が毎朝通勤に使っている車両に、決まって乗り合わせる若い女がいるんだ。細身で、色白で、いつも大きなサングラスをかけてる。真っ黒な長い髪を、顔の横に真っ直《す》ぐに垂らしていて、服装は――まあ、ちょっと派手かもしれないが、趣味は悪くない》

《ふん――で？》

《女は車両に乗り込むと、必ずドアに向かってこう、ぴったりと張りつくようにして立つんだ。海側のドアだね。そして、電車が動いているあいだ、ずっとその場所で、窓の外を見てる。ずうっとだ。——そうしたまま、女はときどき小さく笑う。おかしそうに、クックツって。女がいったい何を見て笑ってるのか、俺は以前から気になっていた。だからこのあいだ——二週間くらい前かな——女のすぐ後ろに立って、彼女と同じようにして、窓の外を覗《のぞ》いてみたんだ。ところが、何もない。ただ景色が淡々と流れているだけだ。女が笑うタイミングで、窓の外に視線をめぐらせてもみたんだけど、やっぱり面白いものなんてない。まったく何もないんだ》

《ははあ、たしかにそりゃ気味が悪いね。しかしそれはたぶん——》

《待ってくれ。まだつづきがある》

青いワイシャツの声はやけに真剣だった。

《女がそうやって窓の外を見てるのは、電車が動いているあいだだけなんだ。電車が駅のホームに入るときには、彼女はじっとうつむいてる。まるで、ホームに立つ人たちに、自分の顔を見られるのが嫌だというようにね。そして電車がホームを出ると、また同じように顔を上げるんだ》

《で、また窓の外を見て、笑ってる?》

《そう。クツクツと笑いはじめる。女はそれを繰り返す。駅にさしかかると、うつむく。ホームを出ると、顔を上げる》

《顔に自信がないんじゃないのか？　その女は、通勤時、電車の窓から景色を見るのが好きなんだけど、あまり自慢できる容貌をしていないものだから、人に顔を見られたくない。サングラスを外さないのも、きっとそのせいだろう》

《はじめのうちは、俺もそんなふうに考えてた。顔の両側に垂らした、あの長い髪も、ちょうど周囲の人間から自分の顔が見えないように髪型を工夫しているようにも見えるしな。しかし、それにしたって、おかしいじゃないか。――女はいったい、窓の外の何を見て笑ってるんだ？　それがわからない》

《笑う理由なんて、人それぞれさ。お前がいくら見ても、面白くもなんともないものが、別の誰かにとっては笑い声を洩《も》らしてしまうくらいおかしいということだってある。たとえば雲の――》

《そんなんじゃない》

その声は、恐ろしく深刻な響きを伴っていた。

《じつはつい最近、俺は……わかったんだ》

《わかった？》

《三日前の、航空機の墜落。あれは何時くらいのことだったか憶えてるか？》
《あれは、ええと……朝の早い時間だったな。七時過ぎだっけ》
《そう。そしてその時間、俺はちょうど電車に乗っていた。いつもの車両だ》
屋上を強い風が吹き抜け、二人はしばし会話を中断した。俺は耳に神経を集中し、言葉のつづきを待った。
《俺はあの朝も、やっぱり女のすぐ後ろに立っていたんだ》
青いワイシャツがつづける。
《女は相変わらず、大きなサングラスの内側から窓の外を見ていた。やっぱり顔をこうやって、少し上に向けてね。でも、あるときふと、彼女は何か考え込むような仕草を見せたんだ。心持ち首をかしげて、口許《くちもと》に手をあてて——まるで、自分の視線の先に、何かものすごく奇妙なものでも見つけたみたいに。俺は、何だろうと思って、女の顔が向いている方を眺めてみた。でも、そこには何もない。何も見えない。その直後だったよ。女の口から突然、〝あ〟って声が洩れたんだ。それから女は小さく、〝落ちる……〟と呟《つぶや》いた。俺には何のことやら、さっぱりわからなかったよ。ところが会社に着いてみると、テレビの速報を見た誰かが、韓国の航空機が阿蘇山に突っ込んだって話をしていた。詳しく聞いてみれば、墜落した時間ってのが、まさに俺が電車に

乗ってたときじゃないか》
《おい、ちょっと……》
白いワイシャツは一瞬沈黙し、それから吹き出した。
《それじゃあ何か？　お前は、その女が、見たって言うのか？　航空機が墜落する瞬間を？》
《そうさ》
《なあおい、内房線の線路から阿蘇山まで、いったい何百キロあると思ってる？》
《しかし、そう考えると納得がいくじゃないか。女は航空機が山に突っ込むのを、その眼で見たんだ。いつものように、何か面白いものを探しながら窓の外を眺めているときに》
《本気で言ってるのか？》
《ああ、本気だ。もっとも、つい今朝までは、俺だって冗談半分にそんなことを考えていただけだったよ》
《と、いうと？》
《今朝、俺は——あんまり気になってたもんだから、とうとう女の顔を見てやったんだ。電車の揺れに、よろけたふりをしてね。女とドアのあいだに、ぐっと上半身を割り込ませながら、吊革《つりかわ》に手を伸ばすようなポーズで、女の顔の前に腕を差し出して、あの大きなサングラスを指で引っ掛けてやった。サングラスは顔から外れて、俺たちの足元に転がった。俺に眼を見られた彼女は、ものすごい勢いで顔をそむけた。そして、慌《あわ》ててサングラスを拾って顔にかけ直すと、つぎの駅で、そそくさと降りていったんだ》

ここで、青いワイシャツは少しゆっくりとした口調になった。

《ところでお前、俺の最初の質問を憶えてるか？》

《ああ……〝どうして犬は人間の数万倍も鼻が利くのか〟だろ？》

《そう、それだ。なあ、もう一度訊くけど、どうしてだと思う？》

《さあ……やっぱり、わからんな》

《正解は、単純なんだ》

《単純……》

《答えは、その顔のつくりにある》

《顔のつくり……》

《犬はな、鼻が大きいんだ。犬ってのは、顔の半分が鼻なんだよ》

…………。

………。

……。

俺は手にしたコッペパンの、最後のひと切れを口に放り込んだ。

胸の中に、なにやら柔らかな、温かいものが膨らみつつあるのを感じていた。それは、幸せの兆《きざ》しだったのかもしれない。運命が動く、小さな予感だったのかもしれない。

両手を高く差し上げ、思い切り伸びをする。ついでに腕時計を見ると、時刻は午後十二時五十五分。そろそろ昼休みも終わる。気がつけば、周囲に人影はなかった。屋上に残っているのは俺一人だ。頭に手をやり、俺はそれまで自分の両耳を隠していたものを取り去った。カモフラージュ用のばかでかいヘッドフォンが外れ、剝《む》き出しになった両耳に、風が心地いい。

視線を転じる。太い道路を一本挟んだ、向かいのビルの屋上に目をやる。あちらさんも、一時が午後の始業時刻なのだろう、先ほど興味深い話を聴かせてくれたワイシャツ姿の二人組みが、ベンチを離れて階段口のほうへと向かうのが見えた。これだけの距離を隔てて、まさか自分たちの会話を聴いている奴《やつ》がいたとは、想像もしていまい。

ガチャリとドアのノブが回る音。振り返る。相手と目が合う。

「あ……」

下り階段へとつづく、鉄製の分厚いドアの後ろから、今年入社したばかりの新入社員が蒼白《あおじろ》い顔を覗かせていた。名前は——何だったか。

「三梨《みなし》さん……お疲れさまです」

俺の顔を見て、ナントカくんはおかしなつくり笑いを見せた。そのとき俺の中で、ちょっとした悪戯心《いたずらごころ》が頭をもたげた。ひとつ、からかってやるか。俺は左右の髪の毛を両手で持ち上げ、自分の耳をわざと彼に見せつけてやった。ナントカくんは瞬時に顔を強張《こわば》らせ、その場に立ち竦《すく》んだまま、ひくりと口許を痙攣《けいれん》させた。つぎの瞬間、彼はザリガニが石の下に隠れるように、ものすごく素早い動きでドアの向こうに首を引っ込めた。俺は彼を追ってドアを入る。ナントカくんの後ろ姿が階段を下っていく。片手に煙草《たばこ》とライターを持っているところを見ると、デスクワークの前に一服するつもりで、屋上にやってきたのだろう。するとそこに俺がいたわけだ。可哀想《かわいそう》に。

「逃げることないぞおおお」

冗談めかして大声を上げてやると、相手は明らかに聞こえないふりをして、さらに歩調を速めた。からかい甲斐《がい》のある奴。やがて彼の姿は見えなくなり、ばたばたと乱れた足音だけが遠ざかっていった。

俺は歩調を緩め、ポケットに両手を突っ込みながらのんびりと階段を下りた。

「それにしても――」

先ほどの二人の会話を思い返す。

共通点のある人間がそばにいてくれれば、日々の暮らしも少しは楽しくなるかもしれない。この七年間、ずっと冷え切っていた自分の感情が、ちょっとくらいは人間らしくなってくれるかもしれない。

「思い切って、声でもかけてみるか」

俺はそう決めた。なにしろ貴重な共通点のある人間同士だ。この機会を逃す手はない。

2 新しい友達

その夜、ほかの社員たちが全員タイムカードを押し終えたのを見計らって、俺はそっと刈田《かりた》のデスクに近寄った。

「部長、突然で申し訳ありません。明日から今週一杯、出社時間が少し遅くなってしまうかと思いますが、よろしいでしょうか?」

刈田は目玉焼きでも焼けそうな脂《あぶら》ぎった禿頭《とくとう》の下から、ちらりと俺に目を向けた。いつも思うのだが、彼は人相の悪いヒッチコックのようだ。

「まあ、例のアレに関係したことなのだろうからな。構わんよ。ほかの連中には私から上手《うま》く言っておこう」

「恐れ入ります」

「ところでどうだね三梨くん、仕事の進捗《しんちょく》のほうは?」

「いまのところまだ、何も摑《つか》めておりません」

刈田は谷口楽器の企画部長。俺のデスクがあるのは企画部。俺は社内で彼を部長と呼ぶ。しかし——刈田は俺の上司ではない。

彼は俺のクライアントだ。

俺の経営する盗聴専門の探偵事務所『ファントム』に谷口楽器が仕事を依頼してきたのは、いまから一ヶ月ほど前のことだった。依頼主である谷口楽器社長、谷口勲《いさお》とともに、この刈田が俺の事務所にやってきた。

——ライバルメーカーの黒井楽器が、我が社の楽器デザインを盗用している疑いがある。きみに、その証拠を見つけてもらいたい——

それが依頼の内容だった。刈田の話によると、谷口楽器が新デザインの商品の製作を企画するたびに、その発売に先んじるようにして、ライバルメーカーの黒井楽器がそっくりなデザインの商品を発売する——どうやらそういうことらしい。俺は依頼を引き受けた。契約期間は一年。高額な成功報酬が約束された、これまでにない大きな仕事だった。

そんなわけで、俺はこうして中途採用の社員を装《よそお》って谷口楽器に潜入し、日々黒井楽器の本社ビルにせっせと聴き耳を立てている。黒井楽器の本社というのはもちろん、屋上から見える、あのビルだ。五階建てなので高さはさほどでもないが、各フロアがべらぼうに広く、なかなかに骨の折れる仕事だった。

「何か掴みしだい、またご連絡いたします。今日のところは、これで」

「うん、ご苦労さん」

刈田に一礼し、俺は鞄《かばん》を片手にオフィスを出た。

エレベーターのボタンを押すと、二十秒ほどでドアがひらいた。若い女と入れ違いに、箱に乗り込む。高級そうな香水の残り香が鼻腔《びこう》をくすぐった。いまのは経理部の、たしか牧野《まきの》とかいう女だったか。なかなかの美人だが、俺の顔を見て眉《まゆ》をひそめたのは気に入らない。

「これじゃ、眉もひそめるか」

閉じたドアの内側は、ぴかぴかに磨かれたステンレスで、その表面に俺の顔がはっきりと映っていた。大したハンサムだ。俺は思わず苦笑する。

探偵業を営む上で、じつのところ俺のこの異様な耳は、大きなデメリットでもある。なにしろ目立ち過ぎるのだ。

「ま、隠す方法はいくらでもある」

俺は鞄からヘッドフォンを取り出して耳に装着した。これで、ただの音楽好きサラリーマンの出来上がりだ。耳孔にねじ込むインナーイヤー型でもなければ、耳の外側にあてる開放型でもない。密閉型と呼ばれる、縦長でばかでかい、本来は耳をすっぽりと包み込むタイプのヘッドフォン。しかも十以上のボタンがついたすぐれものだ。これが、上手いカモフラージュになる。ヘッドフォンは目立つが、耳は目立たない。毒をもって毒を制す。少し違うか。――べつにヘッドフォンなどではなく、耳あてのようなものでもよかったのだが、それでは夏場に不自然すぎるので、けっきょくこれにしたのだった。

足取りも軽く、俺は谷口楽器ビルの正面玄関を出た。

「帆坂《ほさか》くんはまだいるかな――と」

携帯電話で事務所へかけてみると、ワンコールでつながった。

『お電話ありがとうございます。探偵事務所ファントムでございます』

相変わらずの弱々しい声。眼鏡をかけた、もやしのような帆坂くんの顔が目に浮かぶ。

「俺だよ。今日は何かあったかい？」

『あ、三梨さん、お疲れさまです。ええっとですねえ――うわっ！』

大きな音がして、帆坂くんの声が消えた。ふたたび彼の声が聞こえてくるまで二十秒ほどかかった。

『すみません、受話器を落っことしちゃいまして。ええっとですねえ、今日は、仕事関係の電話はナシです』

「ほかには？」

『税務署の人から言伝《ことづて》が一件ありました――事務所の所得を申告しておられないようなので、一度ご来署されたし』

「放っておけばいい」

俺は電話機に鼻息をぶつけてやった。

「じゃ、帆坂くんはもう帰っていいよ、お疲れさま。――ああそうだ」

俺は帆坂くんに、近々新しい友達ができるかもしれないと伝えた。帆坂くんはとても嬉《うれ》しそうな声を上げ、しかもそれが女性だと付け加えると、『うひょう！』という二十代にしては古臭い感嘆詞を口にした。

『ああん、三梨さん、僕これからもずっと三梨さんについていきますぅ！』

3　可愛《かわい》いと思う

四日後の金曜日、午前七時二十分。
《さあ、それではいってみましょう、今週のマニマニマニアック・クエスチョン！（AЯBA“Money, Money, Money”のサビがワン・フレーズ）》
ラジオの音で目が覚めた。隣の２０３号室のラジオだ。その部屋には双子《ふたご》の小学生の娘と、彼女たちの母親が暮らしている。朝の目覚ましがわりにラジオをタイマーでセットしているのだが、それが俺の目覚ましにもなっているのだった。自分でセットする必要がないので楽なものだ。
新宿の路地裏にある二階建てのぼろアパート『ローズ・フラット』の２０２号室が、ファントムの事務所兼俺の住居になっていた。

《さあて、まずは先週の問題の正解から。とっても怖ぁい映画をつくった監督で、名前を逆さに読むと日本語になっちゃう人は誰？　ヒントは〝ザ・リング〟――はい、正解は》

「ゴア・バービンスキー」

《ゴア・バービンスキーでした！　あはは、ほら、名前をひっくり返すと〝顎《あご》〟になるでしょ？　〝ザ・リング〟は言わずと知れた日本原作ホラーのハリウッド版ですね。ちなみにヒロインのナオミ・ワッツは〝キング・コング〟にも主演してます。正解された方、おめでとうございます！》

俺は床に転がった電動髭剃《ひげそ》りに手を伸ばした。今朝は、いつもよりちょっとばかり身だしなみに気を使わなければならない。なんといっても、いよいよ彼女に声をかけ、このファントムの戦力となってくれるよう依頼するつもりなのだ。

《つづいて、今日のマニマニマニアック・運勢！　M字脱毛の人、小吉。内股《うちまた》の人、中吉。猫アレルギーの人、大凶。はい、そして今日の大吉は――特徴的な、い、い、耳の人！》

「おお！」

俺は思わず声を上げ、ぴしゃりと膝《ひざ》を打った。なんて素晴らしい占い。俺は思わず電動髭剃りをマイクに『浪漫《ロマン》飛行』を二番まで歌った。

♪曇らぬようにライタウェ――。
上手くいきそうだ。

結論から言うと、上手くいった。

それも、思いがけないほどあっけなく。

その日の午後八時過ぎ。新宿御苑《ぎょえん》にほど近い場所にあるバー『地下の耳』の店内に、俺と彼女は並んで腰を下ろしていた。

「季節の冬に、絵画の絵？」

「そう、それでフユエ。――ちょっと珍しいでしょう？」

冬絵は大きなサングラスの向こうでにっこりと笑ってみせた。俺は少々面食らいつつ、カウンターに肘《ひじ》をついて相手を見直した。

「変な顔するのね。珍しいっていっても、そこまで耳慣れない名前じゃないと思うけど？」

「いや、昔の知り合いに、似た名前の人がいたものだから……」

秋絵と冬絵。偶然とは恐ろしい。

「きみは、苗字《みょうじ》は何ていうんだ？」

「夏川よ。親が、夏と冬で釣り合いを取ろうとしたらしいの」

「夏川冬絵か」

秋絵の苗字は残念ながら、春川などではなく、野村だった。もっとも名字まで似ていたら、あまりに運命的すぎて気味が悪い。

「三梨さんっていう苗字も、珍しいわよね」

「かもな。故郷の青森でも、県内に一軒しかなかったよ。人数でいうと、俺と両親の三人だけ。で、俺が小学校二年生のとき、とうとう俺一人になった」

「ご両親、お亡《な》くなりになったの？」

冬絵はちょっと首を傾けて、俺の顔を覗《のぞ》き込んだ。

「そう、死んだ。冬の朝、いきなり家の屋根が崩れ落ちてきてね。雪下ろしをさぼっていたもんだから、重みに耐えきれなくなったらしい。俺はなんとか逃げ出したんだけど、父親と母親は即死だった。ふた目と見られない、ひどい死体だったみたいだな。ちなみに俺は、ひと目も見てない」

「そう……」

「それから俺は、東京の施設に引き取られたんだ。名前が三梨幸一郎《こういちろう》なんて名前なもんだから、こっちの学校では散々からかわれたよ。『みなしご一郎』なんてね。そして、あるときクラスメイトの一人が国語の時間に、もう一つの語呂《ごろ》遊びができることに気づいて以来――」

あまり楽しい話題でなかったことに気づき、俺は途中で言葉を切った。

「ま、俺の話なんてどうでもいいさ」

「お待ちどおさまです」

くたびれた黄土色《おうどいろ》のジャケットに、くたびれた黄土色の顔を乗せたマスターが、ハイボールのグラスを二つ運んできた。

「珍しいですね、三梨さん。お連れさまがいらっしゃるなんて」

マスターの声は、いつ聞いても重病人のようだ。実際、いつかこの場所で死後三日ほど経《た》った彼の死体が発見されたというニュースを耳にする日が来ることを、俺は確信している。そのときのニュースでは、画面の端にちょっと映ってやるつもりだった。

「俺が女性を同伴しちゃ、おかしいか？」

マスターは含み笑いをして、また店の奥へと引っ込んだ。

『地下の耳』は、風俗店のネオンに挟まれた急な階段を下りたところにある、うなぎの寝床のように細長い空間だった。黒かびの生えた木製のドアの内側に、カウンターが延びていて、そこにスツールが十脚並んでいる。同じローズ・フラットの住人であり、俺の探偵術の師匠である野原《のはら》の爺《じい》さんに、昔、教えてもらった店だ。

「静かなところね」

「ほかに客がいるのを、俺も見たことがない」

これでよく商売になるものだ。何かほかに裏で悪いことでもやっているのではないかと俺は常々疑っていた。

「ね、三梨さん」

冬絵が俺に顔を寄せて囁《ささや》く。

「ファントムのスタッフになったら、ほんとにマンションを用意してくれるの?」

俺は大きくうなずいた。

「俺の自宅兼事務所は新宿御苑のそばにあるんだ。きみの部屋は、その近くに借りようと思ってる。オートロックの新築で、1DKの物件が空いているのを、昨日、不動産屋で確認しておいた」

「家賃、安くないんでしょ?」

「そりゃびっくりするほど高いさ。でも――」

俺は上着のポケットを叩《たた》いてみせた。

「心配はいらない。これでもけっこう持ってるんだ」

というのは嘘《うそ》だった。

蓄えがまったくないわけではないが、新宿の新築マンションを一部屋借りたりすれば、みるみる減っていくことだろう。しかし、約十一ヶ月後には、谷口楽器から巨額の成功報酬が手に入る。それまで持てばいいのだ。もっとも、仕事が上手《うま》くいけばの話だが。

――突然、申し訳ない――

今朝、内房線の千葉駅で、俺は通勤途中の彼女に声をかけた。火曜日からつづけていた三日間の張り込みで、彼女の乗っている車両はすでに特定できていた。千葉駅で一度降り、総武線へと乗り換えることも。

彼女は黒いサングラスの奥から俺を見返した。そのとき俺は、自分の頭からヘッドフォンを外していた。あとでこの耳を見て、拒まれてしまったら、どうせそれまでなのだという思いがあったからだ。さぞ驚いていることだろうと俺は思った。おかしな耳をした見知らぬ男が、いきなり声をかけてきたのだ、声を上げて逃げ出されたとしても不思議じゃない。

――俺のところで、働いて欲しい――

単刀直入に切り出した。用意していた自分の名刺を素早く彼女に押しつけ、流れる人混みの中で立ち止まったまま、彼女に早口で事情を説明した。自分が探偵であること。ターゲットである某企業の、社員の会話をこの耳で盗み聴きしているとき、偶然彼女の存在を知ったこと。人手が足りず、力のあるスタッフが必要なこと。すると、彼女は意外にも、

——興味あるわ——

そう言って微笑《ほほえ》んだのだった。

——八時に、ここで待ってる——

そして俺は彼女にこの店のマッチを手渡したのだ。

「白状すると、ほんとうにきみがここに来てくれるとは思っていなかったんだ。なにしろ俺は、これを外してきみに話しかけたんだからね」

俺はヘッドフォンの片方を、少しだけ持ち上げてみせた。冬絵は肩をすくめて小さく首を横に振った。

「私は、可愛いと思うわよ。その耳」

……可愛い。

俺は思わずスツールからずり落ちそうになった。正気かこの女。

「そんなヘッドフォンなんて、外しちゃえばいいのに」

白い顔の、大きなサングラスの下で、赤い三日月を横にしたように、薄い唇の両端が持ち上がった。一瞬、冬絵の顔だけを残して、周りの景色がすべてブラックアウトしたように見えた。

「可愛い……？」

口の中で呟《つぶや》く。背筋をぞわぞわと甘美な戦慄《せんりつ》が走る。俺は慌《あわ》てて咳払《せきばら》いを一つして、ハイボールのグラスを口にあてた。

「ほかの人間は、そんなこと思ってはくれないさ。みんな、この耳を、不気味で、おぞましい――」

「私の眼より、よっぽどいい」

冬絵は自分のサングラスの下端を撫《な》でる。

「子供の頃から、みんなこの眼を馬鹿《ばか》にして笑ったわ」

俺は何も言わず、彼女の顔を見返した。

「ねえ――ここ、見て」

冬絵は自分の頭頂部を俺に近づけてくる。艶《つや》のある黒髪のあいだに、微《かす》かな傷痕《きずあと》が見えた。

「これ、何だと思う?」

「さあ……」

何かが上から落ちてきたのかと思ったら、違った。その逆だった。

「これね、飛び降り自殺未遂の痕なの」

「飛び降り自殺にも未遂があるんだな」

「そう。場所の選定を誤ると、未遂に終わるのよ。私の場合は、小学校時代に住んでいた平屋の屋根から庭に飛び降りたけど、ぜんぜん死ねなかった。大きなこぶができて、ちょっと血が出て、それで終わり。せっかくポケットの中に、私を笑ったクラスメイトの名前をぜんぶ書いたメモを入れて飛び降りたのに」

冬絵は笑って、ハイボールのグラスを唇にあてた。

「笑ったクラスメイトどもの、気が知れない」

俺は正直な気持ちを口にした。

「俺はきみの眼を、素敵だと思う。生まれてからいままで、この三十数年間に見た眼の中でダントツだ。最高にいい」

お世辞ではなかった。ついさっき、彼女がふと横を向いたとき、俺はサングラスの内側を見ていた。そこにあった、二つの眼を見ていた。たまらなく素敵な眼を。

「ありがと」

冬絵は素っ気ない言葉を返し、俺から顔をそむけた。俺の感想をいまいち信用できていないようだ。あまりしつこく褒めると下心を勘ぐられそうなので、俺はただ肩をすくめてカウンターに向き直った。

その夜のうちに、冬絵はファントムのスタッフとして働くことを承諾してくれた。俺は有頂天になり、散々飲んだ。冬絵も付き合ってくれた。店の奥で、マスターがときおりちらちらと俺たちのほうを窺《うかが》っていたが、その意味を深く考えることはなかった。

4　何でもやるのね

師走《しわす》の初日。年の内には珍しい雪が東京に降ったその日、冬絵は俺の用意した1DKのマンションに移り住んだ。ファントムのスタッフとしての彼女の初仕事は、その深夜にさっそく開始されることとなった。

「――谷口楽器?」

俺の運転する年代物のミニクーパーの助手席で、冬絵は声を裏返した。

「そう、それが今回のクライアント――どうしてそんな顔するんだ？」

「いえあの、有名な楽器メーカーだから、ちょっとびっくりしただけ」

「大きな企業ほど、裏で探偵なんかを使ってけっこう色々とやってるもんさ」

俺は冬絵に、谷口楽器からの依頼内容と、これまでの仕事の進捗《しんちょく》具合をひと通り話して聞かせた。

「クライアントへの報告やなんかは、三梨さんがやってくれるのよね？　私が谷口楽器のオフィスに入るようなことは――」

「ああ、それはないと思う。俺が社員として社内に紛れ込んでいるからな。――きみが谷口楽器のオフィスに入ると、何かまずいのか？」

「当たり前じゃない。だって、会社の中でサングラスをしたままじゃいられないでしょ」

「ああ、そういうこと」

フロントガラスの雪をワイパーで払い、俺は靖国《やすくに》通りへとハンドルを切った。深夜の幹線道路に光っているのはタクシーのテールランプばかりだ。

「で、私はこれから何をすればいいの？」

「ターゲットの黒井楽器に潜入してもらう。俺がビルの外からきみに指示を出すから、きみは暗いビルの中で、俺の指示どおりに動いてくれればいい」

「でも、ビルの中には警備員がいるんじゃない？」

「だから俺が指示を出すんじゃないか。――俺がこの耳を澄まして、ビル内の足音を聴く。警備員がどこを歩いているのかなんて、すぐにわかる。で、ビルの中にいるきみに、携帯電話で進むべきルートを伝えるってわけだ」

「ビルの内部構造はわかるの？」

「頭の中に入ってるよ。休日、たまにビルの中を歩き回ってるんだ。定期的にクリーニングに入る清掃業者に紛れ込んでね。警備員の前では清掃業者のアルバイトのふりをして、清掃業者の前では立ち会いに来た総務担当者のふりをしている。初回に上手く騙《だま》せれば、あとは簡単なもんさ」

それはつまり、こんな具合だった。

黒井楽器にクリーニングが入る日の朝、俺はビルの裏口でじっと待機している。するとそこへ、青いつなぎを着た清掃業者のスタッフたちがやってくる。

――うぃーっす――

――おはよござあーっす――

俺は彼らに向かって鷹揚《おうよう》にうなずいてみせる。

——ん、ご苦労さん。じゃあ、この前と同じように、そこのインターフォンで警備員さんを呼んでくれるかい？ 中へ入れてもらって、すぐに作業をはじめてくれ。僕は、ちょっと煙草《たばこ》を買ってくるから——

——うぃーっす——

——わっかりゃしたー——

清掃業者の一人が、俺の指示どおり裏口のドアの脇《わき》に設置されたインターフォンを鳴らす。俺は少し離れた場所で、それをこっそり見守っている。やがて警備員が内側からドアをあけ、つなぎ姿の面々を中へ通す。最後の一人がドアを入ったところで、俺もすかさずそのあとにつづく。そして警備員にぺこりと頭を下げ、声のボリュームを調節しつつこんなふうに言うのだ。

——お世話になりますぅー。さっそくはじめますんでぇー——

警備員は軽くうなずくだけで、何の疑いも持たずに俺を通す。俺はビル内に入り込み、悠々と各フロアを歩き回る。ときおり清掃業者のスタッフに、ん、ご苦労さん、などと声をかけながら。そして自分の作業が終わったら、何食わぬ顔で出ていけばいいというわけだった。

俺はそれを助手席の冬絵に説明した。

「なるほどね」

冬絵は納得したかに見えたが、すぐに首をひねった。

「――でも、あなたがそうやって潜入してるのなら、なにもこんな夜中に私がやらなくたっていいんじゃない？」

「いや。日中の潜入では、鍵《かぎ》のかかった引き出しの中を探ることができないんだ。しゃがみ込んでせっせと開錠しているところなんて見つかったら、お終《しま》いだからな。いまあのビルは、セキュリティが甘くて、ものすごく探偵向けの建物なんだよ。でも、おかしなことをしているのがばれたら、きっとすぐに警備システムが強化される。そうなったら探偵には致命的だ」

冬絵は腕を組み、長々と鼻息を洩《も》らした。

「でも、私が潜入なんて――失敗しても知らないわよ」

「大丈夫。きみを信頼してるから」

道の先に、黒井楽器ビルが見えてきた。ハンドルを切り、手前の路地に入る。速度を落とし、ゆっくりとビルの周囲を回ると、俺は目立たない路地裏で車を停めた。雪は相変わらず降りつづいている。十二月の雪なので、積もりはせず、路面に接するなり吸い込まれるように姿を消していった。

時刻は深夜一時二十分。

俺は冬絵に一台の携帯電話を手渡した。

「きみのためにつくった秘密兵器だ」

「――この携帯電話が？」

冬絵は携帯電話を受け取ると、顔の前にかざしてしげしげと眺めた。

「ハンズフリーになってる。そのストラップで、本体を首から下げるんだ。――そう。横からイヤホンが出ているだろう？　それを耳につけて」

冬絵がそうするのを待って、俺は上着のポケットから自分の携帯電話を取り出した。〈潜入用秘密兵器No. 001〉で登録した番号に発信する。呼び出し音は鳴らず、すぐに自動で通話状態となった。

「聞こえるだろ？」

携帯電話の送話口に向かって囁《ささや》く。冬絵は驚いたようにイヤホンに手を添えた。

「――もうつながってるのね。ディスプレー、光りもしなかったわ」

「そりゃそうさ。胸にぴかぴか光るものをぶら下げていたら、目立って仕方がない」

「私から話しかけるときは、どうすればいいの？　マイクがどこにもないけど」

「マイクなんて必要ないさ。ただ、普通に声を出せばいいんだ」

俺は自分の耳を示してみせた。

「独り言でもちゃんと聴こえるから心配ない」

冬絵は納得してうなずいた。

「そうだったわね」

「それと、もう一つ」

俺は後部座席から封筒を取り上げた。安物の紙質で、裏に『Lock & Key よしまる』とモノクロで印刷されている。中には未使用の鍵が一本入っていた。それを冬絵に手渡す。

「黒井楽器の裏口の鍵だ」

「こんなもの、どうやって手に入れたの？」

「ビル内を歩き回ったとき、警備室にぶら下がっていたのを借りて、オフィスのコピー機で複写した。親しくしている鍵屋さえいれば、その型だけで複製できる」

「何でもやるのね」

「探偵だからね。——じゃ、そろそろはじめるか。今夜のところは、小手調べといった感じで、気楽にいってみよう」

「ちゃんと指示を出してくれるのよね」

「心配ないよ。ところで、今夜は二、三ヶ所、鍵のかかった引き出しを探ってもらう予定なんだけど、開錠道具は俺のやつを使うかい？　それとも、自分の使ってたやつを持ってきてあるのなら——」

俺の言葉に、冬絵はぴたりと表情を固まらせた。

「どうかしたか？」

しばらく無言で俺の顔を見返していた冬絵は、やがて低い声で訊《たず》ねてきた。

「——知ってたの？」

「きみが探偵だったってことを？　もちろんさ」

俺は軽く笑ってみせた。

「駅で声をかける前に、ちょっと調べさせてもらった」

千葉駅のホームで張り込み、初めて冬絵を尾行したときの驚きを、俺は鮮明に記憶している。彼女の向かった場所——靖国神社にほど近い場所にある、二階建てのオフィス。そこに掲げられた『四菱《よつびし》エージェンシー』という看板。その社名は、探偵業界では誰もが知っている。いま、ぐんぐん頭角を現しつつある探偵社だ。近頃都内の探偵社がどういうわけかつぎつぎ廃業していく中で、四菱エージェンシーだけは着実にスタッフの数を増やし、営業エリアを拡大していた。

「ただのOLが、あんなに簡単に俺の事務所のスタッフになることを承諾してくれるはずがない。いきなり探偵の手伝いをしてくれなんて言われてもな。知らないふりをしていたのは申し訳ないと思うけど――それは、きみだって同じだろ？」

「どういう意味？」

「きみもこの業界の人間なんだから、俺の名前くらいは知っていたはずだ」

長い時間を置いてから、冬絵はぎこちない仕草でうなずいた。

「――会ってみたいとは、思ってた」

「光栄だね。で、開錠道具はどうする？」

「自分のを使うわ」

諦《あきら》めたように首を振り、冬絵は後部座席から黒い革のリュックサックを取り上げた。やはり、持ってきていたようだ。

「――気をつけて」

俺の声に小さくうなずき、冬絵は助手席を出た。細い背中が路地の暗がりを遠ざかっていく。

シートに背中を預け、俺は腕を組んでじっと耳を澄ました。

黒井楽器ビルの中は静かだった。

5 拭《ふ》けない場所がある

三十秒ほどすると冬絵がビルの中で囁いた。

《三梨さん、聴こえる？》

「ああ、聴こえてるよ」

俺はうっかり腕組みをしたまま答えてしまった。これでは冬絵に聞こえるわけがない。携帯電話を取り上げ、送話口に向かってあらためて答える。

「聴こえてるよ」

《いま、裏口のドアを入ったところ。近くに人はいる？》

「平気だ。ビル内を歩いている人間は誰もいない。ただ、警備室に警備員が一人いるようだな。さっきから物音がしている」

それは、間歇《かんけつ》的な、薄い紙を捲《めく》るような音だった。

「たぶん、新聞か、雑誌でも読んでいるんだろう。物音を立てないように注意して」

《了解》

コ、コ、コ――冬絵はゆっくりと廊下を進む。俺は呼吸を殺し、その音を聴き取る。

「そろそろ、右手に階段が近づいてきただろう。それを五階まで上がってくれ。いちばん上の階だ」

冬絵は返事をしなかったが、足音の微妙な変化で、指示に従ったのがわかった。

《――五階に着いたわ》

「まずは廊下を左に進むんだ。右側の、三番目のガラス張りのドアに入ってくれ。『企画部』というプレートが貼《は》ってあるドアだ。いつも、鍵はかかっていない」

コ、コ、コ……ガチャ。いまのは『企画部』の扉をひらいた音だろう。

「よし。縦に三列、デスクが並んでいるのが見えるはずだ」

清掃業者に紛れて入り込んだときの情景を、俺は頭の中に思い浮かべる。

これまでの盗み聴きで、その部署のトミタという課長職の男が、ちょくちょく黒井社長と社長室で密談していることは摑《つか》んでいた。ただ、そこで交わされる会話には「あの件」だの「例の書類」だのという曖昧《あいまい》な文句がやけに多用されていて、それが楽器デザインの盗用に関係しているものなのかどうかは、まだ判断できていなかった。

「左のシマの、いちばん奥に、トミタという男のデスクがある。その引き出しを――」

ガチャ――もう一度、さっきと同じ扉の音。

冬絵は部屋を出たのだろうか？

「どうした？　何で戻る？」

ガチャ――まただ。

「おい冬絵、何やってるんだ」

《あかないわ》

「あかない？　でも、そのドアは施錠《せじょう》されていないはずだ。――あ、いや待てよ」

その部屋のドアが施錠されていないと俺が考えていたのは、休日、清掃業者といっしょに入り込んだときに、鍵がかかっていなかったからだ。

「そうか、あれは警備員が、その日の朝に開錠していたのか。業者がクリーニングに入るもんだから、気を利《き》かせて……」

誤算だった。考えてみれば、社員が不在のときに社内のドアが施錠されていないことのほうが、よっぽど不自然だったのだ。――しかしまあ、いまそのドアの前に立っているのは、何といっても四菱エージェンシーの元スタッフなのだ。問題はないだろう。
「開錠できるか？　ピンシリンダーだ」
そのドアの錠は、鍵の凹凸の一致で回るタイプだった。
《やってみる》
衣擦《きぬず》れの音。ミニチュアの犬が唸《うな》るような、短い音。リュックサックを背中から下ろし、ジッパーをひらいたのだろう。
しばらくのあいだ、冬絵が開錠道具を扱う金属音だけが聞こえていた。俺はじっと耳を澄まし、作業の終了を待った。
《オッケー、あいた》
かかった時間は二分強だった。
「お見事。部屋の中に入ってくれ」
ガチャ——今度こそ、ほんとうにドアをあける音だろう。
《左のシマの、いちばん奥のデスクだったわね》
部屋を縦断する冬絵の足音。
《これね。右下の引き出しだけ、鍵がかかってるわ。ほかの引き出しには——》
スチール製の引き出しがスライドする音。素早く紙を捲る音。

《とくに重要そうな書類は入っていないわね》
「よし。じゃあ右下の大きな引き出しを開錠してくれ」
《了解》
今回は、ものの一分もかからずに冬絵は鍵をあけた。
「どうだ？　楽器のデザインに関係していそうな書類はあるか？」
《ううん……よくわからない。いろんな業者からの見積書とか、楽器の仕様書がたくさんファイリングしてあるけど》
「どのくらいある？」
《ざっと百枚くらい》
「窓際《まどぎわ》に、ゼロックスのコピー機があるだろう。そこで、すべて複写をとってくれ。コピー機を使うときは、光が窓の外に洩《も》れないように注意して」
《事務員のカーディガンが椅子《いす》の背にかかっているから、それを上から被《かぶ》せるわ》
機械の起動音。フィーダーに原稿を差し入れる音。シャ、シャ、シャ、シャ――冬絵のセットした書類の束が、つぎつぎコピー機に吸い込まれていく。サ、サ、サ――排紙トレーに紙が吐き出されていく。
《――完了》

軽く紙をさばく音。デスクの引き出しを開閉する音。――コピーした原本をファイルに戻し、デスクの引き出しに仕舞ったのだろう。

「引き出しを、もとどおりに施錠するのを忘れないようにな」

《いまやったところ》

「失礼。念のため言ってみたんだ。鍵《かぎ》があいたままだと、あとで――」

俺はぴたりと呼吸を止めた。
コ、コ、コ、コ、コ……。
「まずいな。警備員が見回りをはじめた」
警備員は一階の廊下を途中で曲がり、ゆっくりと階段を上っていった。二階を過ぎ――三階も無視し――四階も素通りして――。
「おい、来るぞ」
《平気よ。そっと逃げるわ》
「逃げる前に、部屋のドアを、外からもとどおりに施錠しなきゃならない。あいたままだと、侵入したことがばれる」
《もう無理よ》
「やるんだ。侵入が露呈すれば、セキュリティが強化されるかもしれない。そうなれば手も足も出なくなる」

　言葉を切り、俺は警備員の足音を聴く。

「いま、階段から五階の廊下に出た。きみと同じフロアにいる。近づいてくるぞ」

　警備員が、ジャラジャラと鍵束を鳴らしている。最初の部屋のドアに、鍵を差し込む音。すぐに、警備員の靴音が部屋の中に移動する。企画部は階段側から数えて三番目の部屋だ。一番目と二番目の部屋のチェックが終われば、警備員は冬絵のいる部屋へやってきてしまう。

「警備員が、いま最初の部屋に入った。きみは廊下に出て、ドアの施錠に取りかかるんだ」

　冬絵が素早く動く気配。微《かす》かな金属音。警備員の足音が、一番目の部屋の中をゆっくりと回り、またドアのほうへと戻ってくる。

「作業を中断して、ドアの中に戻って」

　ジャラ――警備員が手にした鍵束の音。ドアのひらく音。足音が二番目の部屋の中に移動する。

「いまだ。ドアを出て施錠作業のつづきをやるんだ。最後のチャンスだぞ」

　警備員は二番目の部屋の中を、ゆっくりと奥まで進む。そこでしばらく立ち止まる。

コ、コ……踵《きびす》を返す。
「時間がない」

乱れた金属音。焦《あせ》りで冬絵の手元が狂っているのがわかる。警備員はもう二番目のドアを出ようとしている。廊下に出てしまえば、すぐ隣に冬絵の姿がある。

「おい――」

カチ。ピンシリンダーが回った。

「靴を脱いで反対側の階段まで走れ！」

冬絵の足音が消える。警備員が二番目の部屋のドアに近づく。ドアをあける。閉じる。施錠する。――廊下を進む。

その歩調は一定のまま。

どうにか気づかれなかったようだ。

俺はぐったりとシートに背中を預けた。珍しく、顔中に汗をかいていた。

「参ったな……」

少し経《た》つと、冬絵が戻ってきた。彼女は助手席のドアをあけ、崩れるようにシートに身体《からだ》を押し込んだ。

「焦ったわよ」

「お疲れさん。初回から、ついてないな」

大きく息をついてから、冬絵ははっとして顔を上げた。

「ねえ三梨さん。私、手袋をしていなかったけど大丈夫かしら？」

「指紋のことを心配してるのか？　誰もそんなもん調べやしないさ。殺人事件でも起きないかぎりね。それにほら、明日は土曜日で、ちょうど清掃業者が入る。きみが触ったドアもコピー機もデスクも、ぴかぴかに拭いていってくれるさ」

このとき、俺は気づくべきだった。

いかに丁寧な清掃業者でも、拭けない場所があるのだ。

6　ローズ・フラット

翌日の昼過ぎ、俺はミニクーパーで冬絵のマンションに向かった。助手席に彼女を乗せ、すぐにまたローズ・フラットへ取って返す。

朝早く、冬絵から電話があったのだ。

『ゆうべの書類、どうだったの？』

「残念ながら、外れだ。あれから一枚一枚じっくり見てみたんだけど、デザインの盗用とはまったく無関係だった」

『そう……がっかりね』

冬絵はそれほどがっかりしてもいない口調で言った。

『ねえ、これからあなたの事務所に行ってもいいかしら？』

「――ここに？」

『従業員がオフィスに行ったらおかしい？』

「まあ、おかしかないが……そのかわり、驚くなよ」

『どういう意味？』

「いろんな意味だ」

靖国《やすくに》通りから外れ、細い路地へと入る。古い民家のあいだをのろのろと走行し、ローズ・フラットの駐車場へミニクーパーを入れた。

「新宿にも、こんな場所があるのね」

車を降りると冬絵は物珍しげに周囲を見回した。新宿区内であるにもかかわらず、この一帯は木造の民家や倉庫が軒を連ねている。駅周辺と大通り沿いの街並みしか知らない人にとっては、意外なのだろう。

「ねえ、あれって、もしかして犬小屋？」

冬絵はアパートの正面玄関の脇《わき》を指さした。

「ああ、番犬のジャックだ。あの小屋は不恰好《ぶかっこう》だけど、あれで意外としっかりしている」

ジャックは二年ほど前、このアパートにやってきた雑種の老犬だった。

「アパートに番犬っていうのも、珍しいわね」

「かもな。お、あんまり近づかないほうがいいぞ、そいつは――」

言った瞬間、ジャックが小屋から飛び出してきた。首につながった鎖が空中でびんと張り、ジャックの大きな口が冬絵の足のすぐそばでばくんと鳴る。

「びっくりした……」

冬絵は心臓に手をあて、よろめくように後ずさった。それから、ふとジャックの小屋に首を伸ばす。

「犬小屋の屋根の下に、何か貼《は》りつけてあるけど――トランプ?」

「スペードの十一だ」

「十一――ああ、ジャック。なるほどね」

冬絵はなかなか察しがいい。

「表札みたいなものかしら?」

「そのつもりらしい。アパートの住人にトウヘイっていう、とにかくトランプが大好きな奴《やつ》がいてね。そいつがあそこに貼りつけたんだ」

俺たちが正面玄関を入ろうとしたとき、上のほうから間延びした声が聞こえてきた。

「おお、びだし。帰ったか」

野原の爺《じい》さんだ。鼻が悪いので、鼻に抜ける音が出せない。「三梨」がどうかすると「美男子」に聞こえるのは、意図的ではないにしてもなかなか皮肉が効いている。

「爺さん、そんなところで何やってるんだ?」

野原の爺さんは、二階の窓から顔を出して興味深げにこちらを見下ろしていた。

「いいや、べつぢ。いきだり、おっだ、連れてきただあ、とおぼって」

素人《しろうと》には絶対に聞き取れないような発音でそう言うと、野原の爺さんは一人でうひゃうひゃと笑った。俺は冬絵に顔を寄せて囁《ささや》く。

「野原の爺さんは俺の師匠なんだ。施設を出たばかりで何も知らなかった俺に、探偵術のいろはを教えてくれた。いまは、足を洗って年金暮らしだけどね」

そうしているうちに、こんどは二階のいちばん端の窓ががらりとひらかれた。野太いダミ声で「なに、女？」と言いながら勢いよく首を突き出したのは、まき子婆《ばあ》さんだ。

「三梨が女を連れてきたって？　そりゃ、いい女かい？」

「ああ、すげえいいおっだだよ。でかいサッグラスで顔はよくびえだいけど、ほそびで、さらさらへアだ」

野原の爺さんが勝手に答える。

「そらよかった、こんどあたしが赤飯持ってってやる」

「いらねえよ、そんなもん」

まき子婆さんもローズ・フラットの古い住人で、野原の爺さん同様、俺が来るずっと前からここで暮らしているらしい。

二人はまだ何だかんだと勝手なことを言い合っていたが、俺は聞こえないふりをして、冬絵を連れてエレベーターに乗り込んだ。

「このアパート、二階建てなのにエレベーターがついてるのね」

「それが気に入って部屋を借りたんだ。そしたら、あんな変な連中と付き合うはめになった」

エレベーターを出て、蛍光灯の半分ほど切れた廊下を進む。

「あれ、あそこにもトランプがある……」

俺の事務所のドアにセロハンテープで貼られた、だいぶ色褪《いろあ》せたハートのキングに、冬絵はすぐに気がついた。

「さっきのジャックがスペードの十一っていうのはわかるけど、どうして三梨さんがハートのキングなの？」

「さあな。トウヘイの考えていることは、よくわからないときがある。たぶん、フェイスカードなら何でもよかったんじゃないか？」

「フェイスカードって？」

「絵札。ほら、絵札のキャラクターはみんな髪で耳を隠しているだろう？　俺がいつもヘッドフォンだの帽子だのを被《かぶ》ってるのに似ていると思ったんじゃないか？」

俺は嘘《うそ》をついた。幸い冬絵は疑いを持たなかったらしく、腕を組んで「なるほどね」とうなずいた。

カードの表面に鉛筆で大きく描かれた×印は、風にさらされて、いまではすっかり薄くなっている。それでも俺は、その微かな×印を見るたびに胸が締めつけられる。ほんとうはこのカードを、もう剝《は》がしてしまいたいのだ。しかし、なかなか実行できずにいた。秋絵の顔がちらついて、どうしても思い切ることができないのだ。

と、そのとき隣室のドアが勢いよくひらかれ、二つの声が同時に聞こえてきた。

「三梨さん、こんにちは」

「お姉さん、こんにちは」

「こんどはお前らか……」

思わず溜息《ためいき》が出る。203号室から飛び出してきたのは、トウミとマイミだ。そっくりな顔をした双子《ふたご》の姉妹で、今年で小学校三年生になる。

「何か用か？」

「冷たいこと言わないでよ三梨さん」

「ご挨拶《あいさつ》しようと思っただけなのに」

顔だけ見ると、どちらがトウミでどちらがマイミだか、いまだによくわからない。

「さっき野原のお爺さんに窓から声をかけられたの」

「三梨さんが女連れてきたから行って見てみろって」

ぴったりと肩をくっつけて並んだ二人の姿は、まるでシャム双生児のようだ。

「女――そういう言い方をするんじゃないよ」

「野原のお爺さんの真似《まね》をしたのよ」

「びだしがいいおっだ連れてきたぞ」

「もっと偉大な人物の真似をしろ。――ほら、早く部屋に戻れ」

俺が掌《て》をひらひらさせてやると、トウミとマイミは小さなピンク色の唇を同時に尖《とが》らせて、つまらなそうな顔をした。くるりと同時に踵《きびす》を返してドアを入っていく。と思ったら、どちらだかわからないが、いっぽうがまた廊下に顔を突き出して、「お姉さん三梨さんをよろしくね」と言って引っ込んだ。少しの間を置いて、ドアの向こうからくすくすと笑い合う声が聞こえてきた。

「ほんとに、申し訳ない」

冬絵に頭を下げ、ようやく202号室のドアをあける。

「ただいま」

ドアのすぐ内側にカウンターデスクが置いてあり、そこが一応、事務所の受付になっていた。電話番の帆坂くんはカウンターデスクの向こう側で頬杖《ほおづえ》をつき、漫画のように舟を漕《こ》いでいる。彼の顔は非常に白くて縦長なので、まるでもやしが風にそよいでいるようだった。もやしの前には日本の全国地図がひらかれたままになっている。彼はここに座っているとき、いつも地図を眺めているのだ。全国地図のときもあれば地方版のときもある。それが彼の唯一《ゆいいつ》の趣味なのだとか。

「寝かしといてやるか」

俺は冬絵といっしょにそっとカウンターデスクの脇を過ぎ、奥のドアに手をかけた。その先が俺の仕事場兼居住スペースになっている。

「ふえ、お疲れさまっすぅ」

背後で声がして、俺たちは振り返った。どうやら起こしてしまったらしい。

「あ……」

声を洩《も》らしたのは冬絵だ。帆坂くんを見て、彼女は口許《くちもと》に手をあてている。

「どうかしたか？」

「いえ、あの……何でもない」

冬絵は慌《あわ》てたように首を振り、サングラスに手を添えた。いっぽうの帆坂くんは、丸い眼鏡の奥で瞼《まぶた》をぱちくりさせながら人差し指を突き出して、鮒《ふな》のように口をぱくぱくさせている。

「み、三梨さん、この人もしかして（ぱくぱく）、あ、あ、あれっすか？　この前から、あの、三梨さんが言ってた（ぱくぱく）、あの、ほらあの――」

「落ち着け帆坂くん。生まれて初めて女性を見たわけじゃないだろう。紹介しよう。彼女が俺たちの仕事を手伝ってくれる、冬絵さんだ」

「夏川冬絵です。よろしく」

「ほ、ほ、ほっほっ帆坂ですぅ！」

帆坂くんは顎《あご》を胸につけるようにして頭を下げた。

俺は冬絵をドアの向こうへ案内した。

「汚いけど、気にしないでくれ」

しかし、冬絵は気にしたようだ。部屋を見るなり彼女は、うっと呻《うめ》いてすごい顔をした。

「そこのソファーにでも座って」

「ソファーって、どれよ？」

「新聞紙の下。そこだけ、ほかより少し高くて柔らかいからすぐわかる」

冬絵がそれを見つけるまで、およそ十秒ほどかかった。古新聞と古雑誌を脇によけ、彼女は恐る恐るそこに腰を下ろす。

「部屋じゃなくて、巣みたいね」

「まあ、仕方ないさ」

なにしろ秋絵が出ていって以来七年間、この場所に若い女性が足を踏み入れる事態など、想像したことさえなかったのだから。

「この、床一面に散らばっているものは何？」

冬絵は足元に手を伸ばし、二センチ四方ほどの基板をつまみ上げて怪訝《けげん》そうに眉《まゆ》を寄せた。基板からは、途中で切断された色とりどりの細いコードが四十本ほど伸びている。

「廃棄部品だよ。ゆうべきみに渡したような道具をつくるとき、どうしても廃棄する部品が出てくるんだ」

「廃棄してないじゃない」

「何かのときに、役に立つかもしれないから、とってある」

冬絵は納得したのかしないのか、肩をすくめて話題を転じた。

「書類なんかは、どこに仕舞ってるの？」

「何の書類だ？」

「クライアントとの契約書だとか、その他いろいろ」

「ああ、さすがにそういった大事なものはきちんと管理してるよ。でも俺は自信がないから几帳面《きちようめん》な帆坂くんにやってもらってる」

「失礼しますぅ」

几帳面な帆坂くんが盆に湯呑《ゆの》みを載せて持ってきた。俺たちに湯呑みを手渡しながら、ちらちらと上目遣いに冬絵の顔を覗《のぞ》き見る。冬絵が愛想笑いをしてみせると、帆坂くんの顔は茹《ゆ》でもやしのようにぱっと赤くなった。いや、もやしは茹でても赤くならない。彼は特殊なもやしなのかもしれない。

お茶を二口ほど飲んだところで、冬絵が立ち上がった。便所にでも行くのかと思ったら「そろそろ帰るわ」と言ったので俺は面食らった。

「もう帰るのか？」

来てからまだ十分と経《た》っていない。

「ええ。引越しの片づけも、まだ終わってないし」

マンションまで車で送ると俺は言ったが、冬絵は首を横に振った。

「せっかくだけど、ちょっと買い物があるから」

「そうか」

「ごめんなさいね」

冬絵は玄関を出ていった。俺は後頭部を掻《か》きながら、廊下を遠ざかる彼女のヒールの音を聞いていた。

いったい彼女は、何をしに来たのだろう。

「よっぽどこの部屋が嫌だったのか……？」

それとも、ローズ・フラット自体がまずかったのだろうか。念のため、驚くなよと言っておいたのだが。

くよくよ考えていても仕方がないので、俺は気分を変えようと、部屋の隅に積んであるビデオテープの山を探った。敬愛するイタリアの映画監督、ルチオ・フルチのビデオコレクションだ。俺はその中から一本を選び、デッキにセットした。こういう気分のときに観《み》るのはやはり『サンゲリア』にかぎる。残虐《ざんぎゃく》描写の多いフルチの映画の中でも、とびきりスプラッター度が高く、しかもストーリーが無茶苦茶という極めつけの一作だ。

「三梨さん。冬絵さん、ずいぶん早く――ちゃひぃ！」

帆坂くんがドアの向こうから顔を覗かせて奇声を上げた。彼は血や暴力が大嫌いなのだった。

7　大きさだけが違っている

翌週月曜日の夜、いつものようにほかの社員が全員退社するのを見計らって、俺は刈田のデスクに近づいた。仕事の進捗《しんちょく》具合を正直に報告する。

「すみません。いまのところそれらしい証拠はまったく摑《つか》めずにいます」

毎日こつこつと黒井楽器ビルの盗み聴きをつづけてはいるのだが、成果のほうはさっぱりで、俺は少々焦《あせ》りを感じはじめていた。成功報酬。契約書に書き込まれたあの数字。逃すわけにはいかない。

刈田は土嚢《どのう》を三つ寄せ集めたような鼻を鳴らし、禿頭《とくとう》越しにじろりと俺を見上げた。

「まあ、まだ一ヶ月と少ししか経っていないからな。それも仕方がないだろう。一年間かけて、じっくりやってくれればいいさ」

「谷口社長への、経過報告は――」

「私から話しておく。きみは常に、私に報告してくれればいいんだ」

言ってから、刈田は早口で付け加えた。

「探偵が社長に何か報告しているところを、万一社員の誰かに見られてみろ。大問題になってしまうだろう」

「ええまあ、それは――」

しかしほかの社員たちは俺の素性を知らないのだから、問題はないのではないだろうか。そう思ったが、面倒なので敢《あ》えて言葉は返さなかった。

「では、また後日、経過をご報告します」

「うん。頼むよ」

がらんとしたオフィスを出て、俺はエレベーターを呼んだ。乗り込もうとすると、ドアの向こうから、またしても経理部の牧野とかいう女が出てきた。この前と同じ香水の匂《にお》い。俺を見て眉をひそめるところも同じだ。容姿が整っていたところで、それが何になるというのか——こういう人間を見ると、俺はいつもそう思う。

ローズ・フラットに戻ると、ジャックの小屋の脇《わき》に冬絵の姿があった。ジャックは大人しくお座りをして、驚いたことに尻尾《しっぽ》まで振っている。こいつ、尻尾なんて振れたのか。

「冬絵——どうした？」

「ボスにお食事をお持ちしたのよ」

冬絵はスーパーのロゴが入った白いビニール袋を顔の前に掲げてみせた。

「食事？　ここで？」

この七年間、部屋で晩飯を食べた記憶などほとんどなかった。

「屋根と床があるんだから、食事くらいできるでしょ」

「まあ、できないことはないだろうが……」

それにしても、この前はさっさと帰ってしまったというのに、どういう心境の変化か。

「材料、せっかく三人分買ってきたのに、帆坂さんはもう帰っちゃったみたいね。さっき玄関のベルを鳴らしたんだけど、出てこなかった」

「いま――八時半か」

俺は暗がりをすかして腕時計を覗いた。

「まだ、そのへんにいるんじゃないかな。呼び戻そうか？」

「でも、帆坂さんが大変じゃない？」

「彼にそういう心配はいらないよ」

携帯電話を取り出して、〈帆坂くん－スタッフNo. 001〉の番号にかけてみたが、応答はなかった。

「あいつ、惜しいことしたな」

電話機を仕舞い、ちらりと二階に並んだ窓を見上げる。まき子婆《ばあ》さんの部屋以外、すべて灯りがともっていた。

「全員在室か……」

まき子婆さんの部屋だけはいつも真っ暗なので判断できないが、たぶん、婆さんも部屋にいるのだろう。あまりこんな場所で立ち話をしていると、また連中にからかわれそうだ。

「とりあえず、行くか」

俺たちはエレベーターで二階へ上がった。廊下を歩いていくと、事務所のドアの前に、四角いものがぽつんと置いてあるのに気がついた。

「何だこれ」

タッパーだった。どうやら赤飯のようだ。

「まき子婆さん、ほんとに持ってきやがったのか」

「ちょうどよかったじゃない。それも晩ご飯にいただきましょうよ」

俺たちは事務所のドアを入った。

「うわ、相変わらずね」

長々と鼻息を洩らし、冬絵はサングラスを外してぱちぱちと瞬《まばた》きをする。部屋の中でサングラスを外してくれたことが、俺には嬉《うれ》しかった。

「二日間で急に変わるわけがないだろう。もう何年も、ずっとこのままなんだから」

「私がササッと片づけちゃうから、三梨さん、お鍋《なべ》にお湯を沸かしといて」

「お湯——沸騰《ふっとう》ポットじゃ駄目か?」

「ポットで寄せ鍋ができるわけないじゃない」

言いながら冬絵は黒いセーターの腕をまくり、床に散乱する機械部品やらゴミやらを手早く壁際《かべぎわ》に動かしはじめた。

「ああ、寄せ鍋」

「そうよ。材料で、なんとなくわかるでしょ」

スーパーの袋の中には、白菜、長葱《ながねぎ》、大根、キノコ数種類、白身魚に白滝に木綿豆腐。ポン酢と七味唐辛子。袋の奥に、５００㎖の缶ビールが三本横になっていた。

「カセットコンロある？」

「一応ある――ああ、でも取り出せない」

「取り出せない？　どこにあるのよ」

「あそこ」

俺は台所の天袋をひらき、その奥を指さした。

「七年前、あのいちばん奥に仕舞っていたのを見た気がする」

じつを言うと、秋絵は俺よりもずっと背が高かった。

「私たちじゃ届かないわね」

「参ったな」

「踏み台はないの？」

「そんなものない」

「椅子《いす》は？」

「一つあるけど、帆坂くんが持って帰った」

「そうよね。ううん……」

仕方なく、俺は隣室で椅子を借りてくることにした。

２０３号室のドアをノックする。中から「あいてるわよ」という声がユニゾンで聞こえてきた。ドアをあけると、部屋の奥でトウミとマイミが肩をくっつけ合ってテレビゲームに熱中しているところだった。

「お母さんは、まだ仕事か？」

「今日は遅くなるらしいわ」

「だからゲームやり放題よ」

二人はテレビに顔を向けたまま答える。画面では口髭《くちひげ》の外人が巧みな動きで敵を踏みつけていた。彼女たちを知らない人間がこの光景を見たら、きっと眼を疑うことだろう。なにしろ二人で仲良く一つのコントローラーを操作しているのだから。

「お前ら、相変わらず器用だな……」

「だってほかにやりようがないじゃないの」

「そうよこうしないとゲームにならないわ」

「その場でジャンプしてても」

「左右に歩いてばかりいても」

「椅子、一つ借りていいか？」

「しねえよ——じゃ、これ借りてくわ」

「まさか帆坂さんをクビにしたの？」

「いいけど椅子なんて何に使うの？」

「あんまりやると眼を悪くするぞ。——

俺は二人の肩を叩《たた》いて機嫌を取った。

「すねるな。ちょっと感心しただけだよ」

「意味がないでしょ」

「つまらないでしょ」


椅子を持って事務所に戻り、俺は天袋の奥からカセットコンロを引っ張り出した。ガスボンベを差し込んでつまみを回してみる。ちゃんと点火した。俺は鍋に水を張り、火にかけながら、そっと振り返った。せっせと部屋を片づけている冬絵を見る。顔の両脇に垂らした長い黒髪が、彼女の身体《からだ》の動きに合わせて揺れている。そのたびに、髪のあいだから、あの奇麗な二つの眼がちらちらと覗《のぞ》く。

「何これ、いつのシャツ？　やだ、絨毯《じゅうたん》にこんな大きな焼け焦《こ》げがあるじゃない」

文句を並べながらも、冬絵の横顔はなんだか楽しそうだ。いったいどういうつもりなのだろう。俺が普段、ろくな食事を摂《と》っていないと勘づき、哀れを催したか。それとも元来が世話好きな女性なのだろうか。せかせかと立ち働く冬絵を見ているうちに、胸の奥に、なにやら温かなものが膨らんでくるのを俺は感じていた。

「くだらない期待をするもんじゃない……」

口の中で呟《つぶや》き、深呼吸をする。

冬になると、どうも心が騒いで仕方がない。

俺は頭を切り換えようと、冬絵が持ってきたレジ袋の中身を取り出した。

「――あれ、箸《はし》が入ってないぞ」

俺が言うと、冬絵は「え」と声を上げた。

「まさかここ、お箸、置いてないの？」

「いや、ないわけじゃない」

「あるんなら、いいじゃない」

「まあ、そうなんだけどな」

「お皿ももちろんあるでしょ？」

俺がうなずくと、冬絵は軽く首を傾《かし》げる仕草を見せたあと、また床の片づけを再開した。俺はどこか空虚な気持ちで、流し台の下に目を移す。そこには、長いこと使われていない食器類が二セット仕舞ってあった。そのうち、箸とマグカップと茶碗《ちゃわん》は、同じ柄で、大きさだけが違っている。

小さいほうは、かつて秋絵が使っていたものだ。

8 口は災いの元

やがて、ゴミ溜《た》めの中心に生まれたささやかなスペースに、コンロと鍋が設置された。匂いがこもらないよう、受付へ通じるドアをあけてから、俺たちは向き合って座った。ビールの缶を互いに軽く持ち上げる。

「でもこれ、ほんとに私が使ってもいいの？」

自分の前に並べられた茶碗と箸を見て、冬絵はちょっと困ったような顔をした。

「いちおう洗ったから、奇麗なはずだ」

「ううん、そうじゃなくて……」

「変な気を回さないでいい。そんな食器しかなくて、こっちこそ申し訳ない。誰かがここで食事することがあるなんて、考えてもみなかったもんだから」

寄せ鍋は、なかなか美味《うま》かった。まき子婆さんの赤飯も、まあ美味かった。

ただ、秋絵の使っていた箸で、秋絵の使っていた茶碗をつつく冬絵を前にしていると、胸の底になんともいえない侘《わび》しさが広がった。そしてそのことに冬絵も気づいたのだろう、俺たちのあいだにあまり楽しい空気は生まれなかった。飲み食いに夢中なふりをしているうちに、俺はビールをひと缶、すぐに空けてしまった。

「――いっしょに暮らしてたの？」

冬絵が思い切ったようにそう訊《き》いてきたのは、ふと会話がやみ、なんとなく互いに目線を上げた、その直後だった。さり気なく訊いたつもりだったのだろうが、演技は失敗していた。俺もまた下手くそな演技で、わざと何のことを言われているのかわからないという顔をつくってから、「ああ」とうなずいた。

「ほんの、一年くらいのあいだだけどね」

「別れちゃったんだ」

「まあ、そんなとこだ」

「もしかして、前に言ってた、私と似た名前の人？」

「そう、その人。名前は秋絵――頭を下げて」

「え？」

「頭を低く――そう」

俺は冬絵の頭越しにビールの空き缶を放り投げた。缶が受付を越えて玄関のドアにぶつかった瞬間、「うわっ」という声が四つ同時に上がった。

「――誰？」

冬絵はびくりと振り返る。

「野原の爺《じい》さん、まき子婆さん、トウミにマイミ。――おい、早く自分の部屋に帰れ！」

ばたばたと四つの足音が散っていった。まき子婆さんの舌打ちと、双子《ふたご》の笑い合う声と、「ケチだだあ」という野原の爺さんの悪態が聞こえた。

「赤飯、ありがとよ」

一応、礼を言っておいた。

「――いつから気づいてたの？」

「ずっと。さっききみが鍋の仕度をしているあいだに、足音が一つ二つと集まってきた」

「足音だけで、誰だかわかるのね」

「連中とは付き合いが長いからな。帆坂くん以外はわかる」

俺たちはふたたび寄せ鍋に取り掛かった。何を喋《しゃべ》ろうかと思案していたら、冬絵がまた先ほどの話題をつづけた。

「秋絵さんの写真とか、ないの？」

「ないよ。写真は、あまり好きじゃなかったんだ。そういう人だった」

ここで暮らしていた頃、俺は何度か秋絵に、いっしょに写真を撮ろうと誘った。しかし秋絵は、それを拒んだ。

――私、可愛《かわい》くないんだもの――

きまって、秋絵はそう言うのだった。しかし俺は心底秋絵を美しいと思っていたので、その気持ちがさっぱり理解できなかった。いまでも理解できない。俺がいくら口に出して、奇麗だと言っても、秋絵は決してその言葉を受け止めようとはしなかった。

――お世辞は、言わないで――

そう言って哀《かな》しげにそむけられた横顔を、何度見ただろう。

「写真が嫌いだったんだ。じゃあ、私といっしょね」

ビールの缶を口にあて、冬絵は天井を見上げた。

「私も、自分の写真って一枚も持ってないの。子供の頃、みんなにこの眼を笑われて以来、絶対に写真には写らないって決めたの。どうしても逃げられない学校の集合写真なんかは、シャッターが切られる瞬間にいつも顔を伏せてた。車の免許もパスポートも、いまだに持ってないのよ」

冬絵は侘しげに笑った。

じつは一枚だけ、秋絵の写真が手元にあることを、俺はそのとき敢《あ》えて言わなかった。二人で福島県に小旅行に出かけた、あのときに撮ったものだ。田舎町の片隅で、古い丸型の郵便ポストの上に、一羽の鳩《はと》がとまっていた。秋絵はそれを見て、静かに眼を細めていた。

――好きなの、鳩が――

そんな秋絵の横顔を、俺はそっとフィルムにおさめたのだ。現像した一枚きりの写真は、傷《いた》まないよう大切にラップで包み、いつでも財布に仕舞って持ち歩いている。

「私の写真、大人になってからのやつは、たぶん世の中に一枚もないわよ」

「じゃあ、貴重な一枚でも撮ってみるか？」

俺は床に転がっていた小型のデジタルカメラに手を伸ばした。冬絵は慌《あわ》てて俺の腕を摑《つか》む。

「写真は、ほんとに嫌」

「じゃあ、こんどタイミングを見て隠し撮りでもするかな。盗聴専門とはいえ、一応探偵だからね。そっちの方面の技術もないわけじゃない」

「あくどいことするのね」

すねたような冬絵の言葉に、俺は思わず声を出して笑った。

「四菱エージェンシーのスタッフをやっていた人間が口にする言葉とは、とても思えないな」

その瞬間、冬絵の表情が固まった。

しまった、と思った。

口は災いの元というのは、こういう事態を指す。

9　美術部に移れば

「――知ってたんだ。あそこの仕事のやり方」

冬絵は抑揚のない低い声を出した。少しだけ間を置いて、俺は答えた。

「この業界では有名だよ」

「じゃあ、何で私を誘ったの？　あなたのところで、ちゃんとあなたの指示どおりに働くという保証はないじゃない」

「保証がないのなんて、誰を雇っても同じことさ」

「でも、わざわざあそこで働いている人間を捕まえること――」

「野球部にいれば野球をするけど、美術部に移れば、絵を描く」

言ってから、我ながらあまり上手《うま》いたとえではないなと思った。

冬絵の働いていた四菱エージェンシーは、悪名高き探偵社だ。探偵社としての約束事をたやすく破り、スタッフそれぞれが私腹を肥やすという、最低の行為を平気でやっている。

要は、強請《ゆす》りだ。

例を挙げれば――ある男性クライアントに妻の浮気調査を依頼されたような場合、四菱エージェンシーのスタッフたちは、まず依頼どおりにターゲットである妻の素行調査を行い、その浮気現場をカメラに収める。まっとうな探偵であれば、ここでクライアントに証拠写真と、作成した報告書を提出し、報酬を受け取って仕事を終えるのだが、奴《やつ》らはそうはしない。入手した証拠写真を、ターゲットであるはずの妻に突きつけ、金銭との交換を持ちかけるのだ。もちろん、もともとのクライアントが夫だということは喋らずに、ここではあくまで流しの恐喝者を演じる。妻は金銭を支払い、証拠写真を買い取る。探偵は妻との取引を終えると、クライアントである夫への報告書を作成する。内容は、あなたの妻はシロでした、というものだ。そして夫から、規定どおりの報酬を得る。一度の仕事で二度、儲《もう》けるわけだ。

証拠の買取を持ちかけられた相手が、警察や夫に相談することは、まずないと聞く。支払いを求められる金額がさほどでもないことが、その理由らしい。ここのところのさじ加減が、奴らはまさに絶妙なのだとか。このやり方は、夫婦間以外にも、たとえば娘の夫となる人物の信用調査、新入社員の信用調査、あるいは企業間のトラブルなどに際しても用いられる。探偵個人個人が勝手に行っているのではなく、その行為は組織的なもので、強請りで得た金の一部を、探偵たちは組織に納めているらしい。都内の探偵社がつぎつぎ廃業していく中で、四菱エージェンシーだけが成長をつづけているいまの状況は、当然といえば当然なのかもしれない。

この秋口に、都内のラブホテルで愛人と密会を重ねていた男たちに、一斉に脅迫状が送りつけられるという出来事があった。内容はどれも、「当方、貴方《あなた》の秘密を知っています。○月○日、貴方がたがホテルにチェックインした際の写真も入手しております。彼女との関係を公表……云々《うんぬん》」というものだった。何のことはない、ホテルの駐車場に停めてある車のナンバーから所有者を割り出し、すべての所有者に同様の脅迫状を送りつけただけだ。聞くところによると、驚くべきことに、十人に一人ほどが要求された金を実際に振り込んだらしい。振込口座は、住民登録の不法手続きで作成したもののようで、警察はいまだ犯人を特定できずにいた。だが、それが四菱エージェンシーの仕業であることは、探偵業界では誰もが知っている。

「――抜けたかったのよ」

ややあって、冬絵は小さく呟《つぶや》いた。

「ずっと前から、そう思ってた。もう、こんな仕事はしたくないって。人を不幸に陥《おとしい》れるようなことはしたくないって。信じてもらえないかもしれないけど……」

「いや、信じるさ」

気塞《きぶさ》い空気を紛らわそうと、俺は箸《はし》を取り上げて鍋《なべ》の中を探った。濁った汁の底から出てきたのは、茹《ゆ》ですぎてくたくたになった白滝だった。口に入れてみたら、味がよく染《し》みていて、意外に美味かった。俺がそうしているあいだ、冬絵は薄くなった湯気の向こうから、あの二つの眼で、じっと俺を観察していた。

「きみが辞めるって言ったとき、四菱エージェンシーはすぐにオーケーしてくれたのかい？」

考えてみれば、ヤクザまがいの仕事をしている探偵社が、そうすぐにスタッフの退職を認めるとは思えない。なにしろスタッフたちは、外部に洩《も》れるとまずい情報をいくらでも握っているのだ。

「逃げるようにして、出てきたの」

冬絵は答えた。

「もう、追いかけようがないと思う。いつでも逃げ出せるように、もともと、偽名で働いていたから」

「偽名——どんな？」

深い意味はなかったが、俺は訊いてみた。冬絵は無言で首を振った。思い出したくないのかもしれない。

「赤飯の残りで、おじやでもつくるか」

「美味《おい》しくないと思う」

「だよな」

俺たちは鍋を挟んで互いに沈黙した。

「ねえ、どういう人だったの？」

冬絵がふたたび秋絵の話をむし返したのは、夜もだいぶ更《ふ》けた頃のことだった。

「何でそんなこと訊くんだ？」

「何でってことはないけど。ただ、どんな感じだったのかな、と思って」

床には、あれから二人で買ってきたビールの缶が八本も並んでいた。

「まあ——普通の人だよ」

「写真がないのが残念」

俺はしばし迷った末、ソファーの上に放り投げてあった財布に手を伸ばした。

「ほんとは、一枚だけあるんだ」

冬絵は俺が財布から取り出した秋絵の写真を見た。俺は、もう見る必要もなかった。眼を閉じていても、瞼《まぶた》の裏にはっきりと映像を描くことができる。丸型の郵便ポストの隣で、顔の左半分をこちらに向け、鳩を眺めて微笑している秋絵。さらさらした長い栗色《くりいろ》の髪が、腰まで真っ直《す》ぐに伸びていた。

「奇麗な人だったのね……」

小さな声で、冬絵は言った。

「背も高くて、すらっとしていて、うらやましい」

やがて冬絵は俺の手に写真を戻した。彼女は両眼で真っ直ぐに俺を見つめていた。

いまなら、言えるかもしれないな——ふと、そんなことを思った。

俺が冬絵に近づいたほんとうの理由を。仕事を手伝って欲しいなどと嘘《うそ》をつき、俺が彼女とコンタクトを取ったほんとうのわけを。

しかし、けっきょくそれを言うことはできなかった。冬絵が上体をゆっくりと移動させ、俺に唇を押しつけてきたからだった。

世の中、いつ何が起きるかわからない。

10　トウヘイの技

夜が明けはじめた薄暗い頃、冬絵は玄関のドアを出た。車でマンションまで送ると提案したが、彼女は首を横に振った。

「だって三梨さん、今日も朝から谷口楽器に行かなきゃならないんでしょう？」

「きみを送ってからでも、間に合うさ」

「駄目。寝ぼけた頭で運転するのは危ないわ」

「わかった。なら今夜、車で迎えに行く」

「今夜？」

「仕事だよ。黒井楽器に、もう一度潜入してみようと思うんだ」

「でも、今夜は……」

冬絵は俺から顔をそむけてサングラスをかけた。

「引越しの片づけを終わらせたいの。日程をずらしてもらってもいい？」

「調査がまったく進捗《しんちょく》していないから、できれば早いほうがよかったんだけどな――まあ、そういうことなら後日にするか」

自分の業務最優先主義がぐらついているのを俺は意識した。これはまずい。帆坂くんにはばれないようにしよう。彼は生真面目《きまじめ》だから。

冬絵は「ごめんなさいね」と微笑してから、ちらりと左右を見回した。

「三梨さんのお友達に見つかる前に、出ていったほうがいいわよね」

「ああ、奴らに見られると、何を言われるかわかったもんじゃないからな」

そのとき、廊下の先から図体《ずうたい》の大きな男が近づいてくるのが見えた。いや、近づいてくるというよりも迫ってくる感じだ。下は半ズボン、上は黒いワイシャツに真っ赤なネクタイ。その上に紫色のジャケットをはおっている。

「お、トウヘイだ」

「あの、トランプが好きだって言ってた人？」

「そう。あいつなら余計なことを言いふらしたりしないから大丈夫だ。あれでなかなか信用できる男なんだよ」

トウヘイは半ズボンから突き出した丸太のような足で廊下を進みながら、ふと顔を上げて俺たちを見た。にんまりと笑い、虫歯だらけの前歯を覗《のぞ》かせる。短く切りそろえた前髪の向こう側——広い額の真中には、『神』の一文字が黒々と書いてある。毎朝、マジックで自ら書いているのだ。

「よう、トウヘイ。朝の散歩か？」

トウヘイは俺の言葉を頭の中で反芻《はんすう》するように、しばらくぽかんと口をあけて首を前後に揺らしていたが、やがてようやく理解したらしく、「ぼっ」と太い声を上げた。慣れた人間ならわかる。これは「そのとおり」の返事だ。

昔、神様が彼の脳味噌《のうみそ》を少しいじったおかげで、トウヘイは日常生活におけるいくつかの器用さを失うかわりに、二つの素晴らしい能力を得ていた。一つはトランプマジック。そしてもう一つは、犬小屋にスペードのジャックを貼《は》りつけ、俺の部屋のドアにハートのキングを貼りつけた、あの能力だった。予知能力——とでも呼ぶべきか。とにかく奇妙な才能だった。

「トウヘイ、こちらは我が探偵事務所ファントムの新スタッフ、冬絵さんだ。ちょうどいいや、俺たちの今後の運勢でも占ってくれよ」

「ぶしっ」

「あ、ちょっと——」

トウヘイが身を屈《かが》め、いきなり冬絵のハンドバッグに手を突っ込んだので彼女は驚いた。そしてトウヘイの手がハンドバッグの中からひと揃《そろ》いのトランプを取り出したときには、もっと驚いた。

「トウヘイの技はちょっとしたもんだぜ――見てなよ」

俺は一歩後退し、見物の態勢をとる。

トウヘイは両手を大きく広げると、右手に持ったトランプの束を、中指と親指でぐい、とU字型になるまで反らせた。ついで親指を微妙に動かし、カードを自分の左側に連続して飛ばしはじめる。宙を舞うカードの勢いで、そばに立っている冬絵の前髪が揺れるほどの風が起きた。飛ばされたカードたちは一直線に彼の左手へと向かい、吸い込まれるように大きな掌《てのひら》におさまっていく。すべてのカードが移動すると、こんどは左手から右手へ、トウヘイは同じやり方でカードを移動させた。それを三往復、瞬《また》く間に繰り返す。冬絵は口をあけてその様子を眺めていた。

「こいつの占いは、当たるんだ」

俺がそう言ったとき、トウヘイが「ふぃい！」という声を上げた。右手のカードが、こんどは彼の顔の前で虹《にじ》のような弧を描いて左手へと跳ぶ。それが終わったとき、彼の厚い唇のあいだに、二枚のカードが挟まっていた。

「二枚だけ――口で取ったの？」

半信半疑といった声で冬絵が訊《き》く。トウヘイは「ぽっ」とうなずいて、二枚のカードを俺に差し出した。

ジョーカーと、スペードのエース。

「これが俺の運勢か？　どういう意味だ？」

しかしトウヘイは答えず、こんどは冬絵の顔をじっと見た。ゆっくりと右手を挙げ、冬絵に向けて人差し指を立てる。

「え、何……？」

トウヘイがさっと右手を振ると、空中に一枚のカードが現れた。ひらひらと落ちていくそれを、冬絵は両手で受け止める。

ダイアのクィーンだ。

トウヘイはそのまま何も言わずに廊下を歩き去っていった。

冬絵は呆気《あっけ》に取られた様子で、その後ろ姿を見送っていた。

「ダイアのクィーン……って、どういう意味かしら？」

「さあな。俺にもわからない。トウヘイの占いは、どうも、あいつ独自の感覚でやっているようなんだ。大抵、あとになってからようやくこっちはその意味を理解する」

「それじゃ、占いとは呼べないじゃない」

そういえばそうだ。

「どちらかというと——予言かな？」

11　ハートのキング

その日の夜、俺は刈田のデスクに呼ばれた。もちろんほかの社員たちがオフィスを出ていったあとだ。

「三梨くん。今夜、黒井楽器で何か動きがあるかもしれない」

「どういうことです？」

刈田は高価《たか》そうな背広の腕を組み、上体をデスクに被《かぶ》せるようにして声を低くした。

「じつはな——今日の昼どき、近くの喫茶店で、あそこの企画部の部長を見つけた。村井という男だ」

「ああ、ムライですか」

顔を見たことはないが、声はよく知っている。感情の薄そうな、冷たい口調で話す人物だ。

「店の隅で、村井は携帯電話に向かって何かひそひそ話をしていた。気になったものだから、忍び足で近づいて、聴き耳を立ててみたんだ。会話の内容はさすがに把握できなかったんだが——村井の口にした言葉の中に、『デザイン』だの『盗む』だの、そういった単語が混じっているのだけはわかった」

お、と思った。とうとう仕事が大きく進捗するかもしれない。

「でな、村井は電話を切るとき、最後にこう言ったんだ。『じゃあ、今夜十時にオフィスで』と。たぶん、私の聞き違いではないと思う。それほど自信があるわけじゃないんだが……」

俺は腕時計を見た。いまは九時少し前だ。

「わかりました。今夜はとくに慎重に聴き耳を立ててみます」

刈田は俺をブルドッグのような眼で見据え、「頼んだよ」と念を押した。脂気《あぶらけ》たっぷりの顎《あご》の肉が、丸く襟に押し出された。

「では、これから早速行ってきます」

俺はコートを摑《つか》んでエレベーターに乗り込んだ。黒井楽器のビル内の音を聴くのは、屋上からが最適だ。このビルの中からでも聴けないことはないし、日中は大抵そうやっているのだが、やはり厚い外壁が一枚あるのと二枚あるのでは、音の鮮明さがずいぶん違ってくる。

屋上に出る。よりによって、風の冷たい夜だった。

コートの襟を立てながら俺は金網に近寄り、黒井楽器ビルに視線を据えた。いくつかの窓が、まだ明るい。十時になるのが待ちきれなかった。いったい何が聴けるのか。このでかい仕事が、どう進捗してくれるのか。
頭の横に片手を添え、じっと聴覚を研ぎ澄ます。黒井楽器の社員たちの断片的な会話が、俺の耳に聴こえてくる。
《……気づいたらいつもこんな……》
《……そうだよ。だって年末はどこも人が一杯だし……》
《……最後はどうせ寝技で一本でしょ……》
《……国家的策略……》
《……足を高くして、硬めの枕《まくら》で寝るといいみたいですよ……》
そのうちに、ある二人の男の会話が俺の耳を捉《とら》えた。
《お疲れ》
《お疲れ——ん、何だ、ずいぶんでかい袋だな》
《ああ、猿が一匹入ってる》
《どれ……はは、ほんとだ。昼間、買ってきたのか？》
《仕事が終わってからだと、もう店も終わってると思って》
《この時間だもんな。これ、下の子にあげるんだろ？》

《ああ。俺はよく知らないんだけど、どうも流行《はや》りのキャラクターらしい》
《優しいパパだな》
ぬいぐるみか。
《あれ？　おい、この猿、片眼がないぞ。不良品じゃないのか？》
《お前それ、本気で言ってるのか？》
《だってほら、片眼が》
《ウインクしてるんだろうが、ウインク》
《ああ……ほんとだ》
片眼の猿――。
唐突に耳に飛び込んできたその言葉は、何の構えも用意していなかった俺の胸を深々と抉《えぐ》った。
片眼の猿。あの奇妙な話。
――ヨーロッパに、こんな話がありましてね――
『地下の耳』のマスターの陰鬱《いんうつ》な声が、夜気の中に聞こえた気がした。
――日本にも似たような民話がありますが、それとはまた違います――
――九百九十九匹の猿がいたんですよ――

――その猿は片眼をね――

――ねえ、三梨さん。その猿が失《な》くしたのは何だったと思います？――

――何を失くしてしまったんだと思います？――

「仕事中、仕事中……と」

わざと声に出して言い、俺は面倒な回想を断ち切った。冷たい空気を深々と吸い、ふたたび耳に神経を集中させる。

先ほどの二人が、ちょうど興味深い会話を交わしているところだった。それは、いま取りかかっている仕事とは直接関係はないが、憶《おぼ》えておいても損はない情報だった。

《そういやこの前、社外のセミナーに参加してきたんだ。そこで、女の講師がちょっと面白いことを言ってたぞ。何でも、人間同士のコミュニケーションでは、声とか言葉はあまり重要じゃないらしい》

《重要じゃないってのは、どういう意味だ？》

《声も言葉も、じつはあまり役に立っていないってことさ。その講師が言うには、人間同士のコミュニケーションで使われるメッセージってのは、声色が二、三割で、言葉なんてせいぜい一割くらいのものらしい》

《へえ。じゃあ、あとの六、七割は何だ？》

《言葉とか声色以外——たとえばほら、表情とか、仕草とか、そういったものだよ》
《すると、声だけだと、相手の真意は掴めないってことか？》
《そうそう。逆に、声だけだと、嘘《うそ》もつきやすい》
《なるほどな。一つ勉強になった》
俺も勉強になった。
《じゃ、お疲れ》
《プレゼント、喜ばれるといいな》
視線をめぐらせると、都会の灯りが、増殖しきった夜光虫のように夜の底を蠢《うごめ》いていた。右手に四角い光を連ねてJRが走っている。あの光の中にはきっと、無数のしかめ面《つら》が餃子《ギョウザ》みたいに詰め込まれていて、気の早い酔っ払いが両手で手すりにしがみついたりしているのだろう。遠くで鳴るクラクション。都塵《とじん》に紛れたネオンの先に、小さく東京タワーが見えた。
「あの夜も、寒かったな……」
二年前の冬の夜のことを、俺は思い出した。
あの夜、トウヘイはアパートの前で、なにやら一心に作業をしていた。どこからかベニヤ板を仕入れてきては、不器用な手つきで金槌《かなづち》を使い、犬小屋らしきものをつくっていたのだ。——犬など、どこにもいないのに。俺たちが理由を訊《たず》ねても、トウヘイは口の中でぶつぶつと声を洩《も》らすだけで、何も答えようとしなかった。大きな両肩から湯気が立ち上り、額に書かれた『神』の一文字は、汗ですっかり滲《にじ》んでいた。深夜になって、不恰好《ぶかっこう》な犬小屋はどうにか完成した。左右非対称な屋根の下には、スペードのジャックが一枚、ぽつんと画鋲《がびょう》で留めてあった。いまでも貼《は》ってある、あのカードだ。

老いぼれた見知らぬ犬がアパートの前で車に撥《は》ねられたのは、翌日の早朝のことだった。俺たちは犬を獣医に診せたが、顔の半分を潰《つぶ》されていて、片眼はもう使い物にならなくなっていた。俺たちは犬をジャックと名づけ、トウヘイのつくった犬小屋で飼うことに決めた。そしてアパートの連中は、One-eyed Jack——片眼のジャックのカードを犬小屋に留めたトウヘイの不思議な能力を、信じるようになったのだ。

もっとも俺だけは、とっくにあいつの能力に気づいていた。ただ、誰にも言わなかっただけだ。俺がトウヘイの能力を知ったのは、その五年前のことだった。

いまから七年前——俺がまだ秋絵と暮らしていた頃。

あれも、冬だった。

仕事から戻ってきて、ふと事務所のドアを見ると、そこにあのハートのキングがセロハンテープで貼りつけてあった。俺はアパートの廊下で、一人首をひねった。それをやったのがトウヘイだということはわかったが、カードの意味がまったくわからなかったのだ。

それから数日後、秋絵が部屋を出ていった。そして首を吊《つ》った。秋絵の死を人づてに知り、俺は生きる気力をなくした。それまでの自分の人生が、急に虚《むな》しいものに思え——。

「いや、違うか……」

自分の人生が虚しいものであったことを、俺はそのとき思い出してしまったのだ。いっしょに暮らしていた人の心も、俺は理解することができなかった。秋絵がどうして急に出ていったのか、どうして突然、死を選んだりしたのか、俺には見当もつかなかった。周りのすべてのものが、急に、灰色の虚しさに包まれて見えた。猛烈な哀《かな》しみ以外のものはことごとく世界から消え失《う》せた。子供の頃に両親を亡《な》くし、友達に嫌われ、怖がられ、あだ名をつけられてからかわれ、俺はずっと一人で生きてきた。だからなのだろうか。だから俺には、人の心を理解する能力が身につかなかったのだろうか。そう思った。盗聴専門の探偵を気取り、小さな事務所を構え、毎日毎日人の声を盗み聴きしているのも、ほんとうは特技を活《い》かしているのでも何でもなく——ただその仕事が、相手の心を理解できない人間でもこなせるものだったからなのではないのか。

そんなふうに、俺は考えた。

秋絵の死を知ったその日、俺は『地下の耳』で散々酒を飲んだ。そして、自分も秋絵のあとを追うつもりで、夜中に事務所に戻ってきた。首を吊るなり手首を切るなりして、酒の醒《さ》めないうちに、部屋で死ぬつもりだった。

――何してんだ――

ドアの前に、トウヘイが立っていた。あいつは俺を見ると、ドアに貼りつけてあったハートのキングに、鉛筆で何かを描きはじめた。鉛筆は何度も同じ動きを繰り返していた。何度も同じ線をなぞっていた。

――おい、トウヘイ――

プラスチックのカードの表面に、トウヘイは一心に、黒々と大きな×印を描いているのだった。

――何してんだよ――

トウヘイは手を止めた。こちらを向いて、じっと俺の顔を見た。そして、小さく首を横に振った。「駄目だ」と言うように。そのとき俺はようやく思い至った。ハートのキング。別名Suicide King――自殺キング。その図案が、王が自分の頭を短剣で突き刺しているように見えることから、そんな忌《い》まわしい名で呼ばれているカードだ。このドアにハートのキングを貼ったとき、トウヘイは、秋絵の自殺を予言していたのだ。そしていまは、俺の自殺を懸命に止めようとしてくれている。

――わかったよ――

俺はトウヘイに笑いかけた。

――死んだりしないよ――

そして俺は、生きつづけることを決めたのだった。

あのときのカードは、いまもドアから剝《は》がせずにいる。

そういえば、何かが起きるときは、どういうわけか決まって冬だ。両親が雪に埋もれて死んだのも。ジャックが車に撥ねられたのも。秋絵が首を吊ったのも。そして、冬絵と知り合ったのも。昔、野原の爺《じい》さんに弟子入りしたときも、たしか寒い最中《さなか》だった気がする。冬になるとどうも心が落ち着かないのは、そのためなのだろうか。寒い季節にばかり、出会ったり別れたりしてきたものだから。

黒井楽器の人間は、一人また一人とビルを出ていった。俺は両手に息を吐きかけながら、何かが起こるのをじっと待った。やがて、ビル内から会話が消えた。まばらに聴こえていた足音もぷっつりと途絶えた。警備室で、テレビの音が小さく鳴っている。俺は金網越しに眼を細めた。灯りはあらかた消えていたが、五階の一箇所に、まだ明るい窓が一つだけある。あれは企画部だ。暗がりをすかして腕時計の針を読む。九時五十五分。

そのとき、携帯電話が鳴った。

俺のものではなく、黒井楽器ビルにいる誰かの電話機だ。

《もしもし——？》

聴き憶えのある男の声。鳴ったのは、企画部の部長、村井の携帯電話だったらしい。

俺は耳に神経を集中する。村井の携帯電話のスピーカーから、微《かす》かに洩れ聴こえてくる声で、相手の性別だけは判断できた。女だ。

《ああ、タバタくんか。え？　何だ、下の公衆電話からかけているのか——ああ、構わないよ。もう社内には私しかいない。いま警備員をどかすから、少し待っていてくれ》

携帯電話をデスクに置く音。ぱちぱちと三回、ボタンをプッシュする音。デスクのビジネスフォンを操作しているようだ。警備室の電話が鳴る。

《はい、警備室ですが》
《企画部の村井だ。ちょっといいかな。いま、窓から外を見ていたんだが、どうもおかしな男がうろついているようなんだ》
《え、そりゃ大変だ。どのあたりです？》
《それが、どうやらビルの周りをぐるぐる回っているらしい。きみ、すまないが、見てきてくれないかな。この界隈《かいわい》もほら、物騒だから》
《了解しました。わけのわからない奴《やつ》がいたら、追っ払ってやりますよ》
《頼んだよ》
通話が終わる。警備員が足音を荒げてビルを出ていく。
《もしもし、タバタくん。いま警備員が外に出ていった。裏口から入ってきてくれ》
誰かがビルに入る足音。ヒールを履いているらしい。エレベーターが動く。止まる。ふたたびヒールの足音。五階の廊下を進む。
「――止まった」
その足音は、ある場所でぴたりと止まった。おそらく、村井のいる企画部の出入り口あたりだ。
カ、カ、カ――何か硬いもので、壁を叩《たた》いているらしい。

《ん、タバタくんか？　警備員はいなかったろう？　私が上手《うま》いこと言って、外に出しておいたからな。――おい、どうした？》

村井の足音が部屋を縦断する。

《何をやってるんだ？》

ドアのほうへと近づく。

《タバタくん？》

ガチャ――ドアがひらかれる。素早い衣擦《きぬず》れの音。鼠《ねずみ》が踏み潰されたような、短い叫び声。何か大きなものがどさりと床に倒れる。

そして、無音。

しんと静まった廊下を、ヒールの足音が遠ざかっていった。エレベーターが動く。止まる。ヒールの足音は、ゆっくりとビルを出ていく。そして――。

それきり、何も聴こえない。

「何なんだ、いったい……」

俺は金網越しに、黒井楽器ビルをじっと見つめていた。企画部の窓だけが、相変わらず明るく光っている。

12　ジョーカーとスペードのエース

やがて、足音が一つビルの中に入ってきた。誰かが警備室の受話器を取り上げ、三桁《けた》の番号をプッシュする。――企画部のビジネスフォンが鳴る。応答する者はいない。

《あれ……村井さん、帰っちまったのかな？》

先ほどの警備員だった。

俺はそのまま二十分ほど待ってみた。しかし何も起こらない。

「どうだった？」

いきなり背後から声をかけられ、驚いて振り返った。刈田がすぐそばに立っていた。

「何だ、びっくりしたのか？　きみでも、近づく足音に気づかないなんてことがあるんだな」

「お恥ずかしい――黒井楽器のほうに聴覚を集中し過ぎていたようで」

刈田は湯気の立つプラカップを俺に差し出した。オフィスのコーヒーサーバーで淹《い》れてきてくれたようだ。俺は礼を言ってそれを受け取った。

「まだ、いらしたんですね。お帰りになったかと思ってました」

「黒井楽器のことが気になってな。なかなか会社を出づらかったんだ」

刈田は黒井楽器ビルに視線を向け、背伸びをして眼を細める。

「で、どうだった？　何かはじまったか？」

「ええ。はじまって、終わったように思えます」

「終わった――何が？」

刈田は怪訝《けげん》な顔を向ける。俺は曖昧《あいまい》に首を振った。

「とにかく、明日あらためてご報告します。もう少し、ここから様子を窺《うかが》っていたいので」

「そうか、わかった。――じゃあ、私はそろそろ帰らせてもらうよ。お疲れさん」

踵《きびす》を返し、刈田は去っていった。俺はプラカップを口にあてながら、ふたたび黒井楽器ビルに向き直った。コーヒーのおかげで、冷えきった身体《からだ》が少しだけ温まった。

しばらく、静寂がつづいていた。

動きがあったのは、深夜一時半、警備員がビル内の巡回をはじめたときのことだ。階段を五階まで上がった警備員は、企画部に灯りがついていることを訝《いぶか》しんだらしい。足音が、真っ直《す》ぐにそちらへ向かった。

《え？……あ、村井さん？……え、村井さん……え？　え？》
つぎの瞬間響き渡ったのは、叫び声だった。ばたばたと廊下を走る足音。彼は警備室へと駆け戻り、慌《あわ》てて電話をかける。
《人が死んで……殺されてるんです……そう、はいそう……え？……た、たぶん刺殺されて……はい……はい……》
パトカーがサイレンを鳴らしてやってくるまで、十分とかからなかった。
警備員から事情を聴取したのは、タケナシという名前の刑事だった。なかなか要領を得ない警備員の説明に、途中で何度か質問を挟みながら、タケナシ刑事は辛抱強く事態を確認していった。そして一通りの話を聞き終えると、彼は上司らしいもう一人の刑事に報告した。
《タニオさん。どうやらこれ、計画的な犯行のようですね》
《どうしてそう思う？》
タニオ刑事は試すような声で聞き返した。
《午後十時頃、被害者の村井氏から警備室に内線電話がかかってきたらしいのですが、そのとき被害者は〝おかしな男がビルの周りをうろついている〟と言っていたそうです。それを聞いた警備員は、確認のために裏口からビルを出た。しかしどこを探して

も、そんな人物は見当たらなかった。で、警備室に戻って、村井氏に内線電話で報告をしようとしたら――》
《相手はすでに死んでいて、電話に出られなかった?》
《そういうことです。警備員が裏口から出たとき、ドアに鍵《かぎ》はかけませんでした。うっかり失念していたそうです》
《なるほど。するとこういうことだな――犯人は、ビルの中にいる被害者から見えるように、わざと怪しげな動きで周囲を徘徊《はいかい》していた。そして被害者が警備室に連絡し、警備員が確認のため外に出ていった隙《すき》にビル内に入り込み、被害者を刺殺し、また出ていったと》
《そう。そういうことだと思われます。ビルに戻ってきた警備員は、被害者が内線電話に出ないことを別段怪しみもせず、そのまま警備室で座っていました。村井氏は帰ってしまったのだろうと思ったそうです。で、午前一時三十分、ビル内の巡回に出たところ――》
《村井氏の遺体を発見した、と》
《そういうことです》
《ところでタケナシくん、電話といえば――被害者の、携帯電話の履歴は確認しただ

ろうね？》
《もちろんですよ。最近じゃあ、あれがいちばん初動捜査の役に立ちますからね。ええと——被害者の携帯電話には、発信着信ともに、毎日かなりの数の履歴がありました。なかなか忙しい人物だったようです。ただしそのほとんどは、電話機のメモリーに登録されている番号で、相手がわかっています。仕事がらみの相手ですね》
《ほとんど、というのは？》
《今日——じゃなくて、もう昨日か——犯行当日の昼過ぎと、夜十時前に、それぞれ公衆電話からの着信が一件ずつありました。どちらも不在着信ではなく、被害者との会話が行われています》
《はあ、それは何か関係があるかもしれんな》
コンビが長いのだろう、なかなか息の合った二人だった。もっとも、言い合っている推理は見当外れもいいところだが。
犯人はおそらく、タバタという名の女だろう。そして、刈田の話からすると、昼間、この近くの喫茶店で村井が電話をしていた相手である可能性が高い。彼女は昼間のうちに村井に連絡し、夜十時頃、オフィスに一人でいるよう伝えた。そしてその時間になると、公衆電話から村井に電話をかけ、彼が社内にいることと、ほかの社員が誰もいないことを確認した。彼女は村井に警備員を追い出してもらい、悠々とビル内に入り込んで殺害を実行し、去っていった。

「上手くやったもんだな……」

運も、彼女の味方をしたようだ。村井が警備員に「おかしな男」がいると連絡してくれたことで、当面警察は加害者を男性と推定して捜査を進めるだろう。何か証拠でも見つからないかぎり、タバタ某という名前の女が容疑者として浮上することは、まずなさそうだ。

「しかしまさか、道の向こうのビルから一部始終を聴いている奴がいるとは思わなかったろうな……」

人が死ぬ瞬間をこの耳で聴いたのは、初めてのことだった。

それにしても、刈田が喫茶店で耳にした村井の発言からして、そのタバタという女が楽器デザインの盗用に何らかの関わりを持っている人物であることは確かなようだ。だからこそ村井は警備員を追い出したのだろう。うしろめたい付き合いの人物なので、会っているのを知られたくなかったのに違いない。

しかし、何でまた殺人などが起きてしまったのか。内輪もめが生じたにしても、相手を計画的に殺すなど、よほどの理由があったはずだ。

どうやら面倒な事態に巻き込まれてしまったらしい。
《タニオさん！　凶器が発見されました！》
唐突に、そんな言葉が聴こえてきた。タケナシ刑事の声だ。
《おお、見つかったか。どこにあった？》
《近くのゴミ集積所です。文化包丁でした。全体に血がべっとりついているのを、封筒に突っ込んで丸めてありました》
《どんな封筒だ？》
《ええと、白い無地の封筒です》
《指紋は出そうか？》
《鑑識の話だと、包丁からも封筒からも、残念ながら指紋は出そうにありません。どうも、布か何かで拭《ふ》き取った跡があるみたいで——あ、ちょっと待ってください、その鑑識から電話が……と、もしもし？　うん……あそう……え？……はは、よしよし。うん。うん。うん？　うん。じゃあ詳しいことはまたあとで。——タニオさん！　やりましたよ、収穫ありです！》
《何か見つかったか？》

《拭《ぬぐ》い残しです。凶器を入れた封筒の口の内側に、拭い残しの指紋が一つだけ見つかったそうです。この事件、意外と早く片付きそうですね》

なおしばらくのあいだ、俺はビル内の声を聴いていた。しかしその後は、別段何も起こらなかった。

「ん、そうか」

そのとき俺は、トウヘイのカードのことを不意に思い出した。

「ジョーカーとスペードのエース……」

今朝あいつが俺に差し出した、あの二枚のカード。その意味がようやくわかったのだ。

スペードは剣を表すマークだ。あれはきっと、凶器の包丁を示していたのだろう。そしてジョーカーのほうは、被害者の村井に違いない。つまりあの二枚のカードは、今夜村井が刺殺されることを示していたのだ。

「あいつの力は、やっぱり本物だ……」

しかしそうなると、冬絵に渡したダイアのクィーンの意味も気になってくる。こちらの予言が的中しただけに、なおさらだ。

ダイアモンドをじっと見つめるクィーン。あれは何を意味していたのだろう。

冬絵は今頃、ダイアの指輪を拾う夢でも見ているのだろうか。

それとも、マンションの窓から星の観測でもしているのか。

13　ダイアのクィーン

翌朝、谷口楽器の始業時刻である九時を待って、俺は企画部に電話をかけた。刈田を呼び出し、昨夜の出来事を報告する。事件はすでに朝のニュースで報道されていたので刈田も知っていた。俺がそれを目撃——ではなく耳撃していたことを話すとひどく驚いたが、ほかの社員たちの耳を気にしているらしく、ときおり『な!』とか『え!』とか短い声を上げるだけで、あとは黙って俺の説明を聞いていた。

「私のほうは、今日はそちらには伺いません。事務所で、ちょっと処理しなければならない仕事がありますので」

『あ、ああ、わかった。しかし三梨くん、どうしよう。今後は例の件については——』

「それは……」

俺は言葉に詰まった。

「まあ、いずれにしても、後ほどこちらからまたご連絡します」

それだけ言って、電話を切った。

事務所で処理する仕事など、ほんとうはなかった。処理が必要なのは、自分の頭の中だ。

じつのところ、俺はすっかり弱腰になっていた。なにしろ殺人事件などというものが起きてしまったのだ。これ以上、下手に黒井楽器に関わりつづけるのは得策ではない。得策でないどころか、愚策もいいところだ。殺人事件と探偵は、非常に相性が悪い。殺人事件には百パーセントの確率で警察が乗り出してくるし、探偵のほぼ百パーセントは、警察をもっとも苦手としているからだ。ときおり、何を勘違いしたのか探偵事務所に殺人事件の調査を依頼してくる輩《やから》がいるが、とんでもない。俺はそんな依頼が来た場合、きっぱりと断ることにしている。うっかり警察に目をつけられてしまったら、俺たち探偵はそのあと仕事ができなくなってしまう。だいたい、警察のほうが殺人事件の捜査にはよほど慣れているし、だいいち無料でやってくれるというのに、どうして連中は探偵なんぞに頼もうとするのか。理解しかねる。

「お早うございますぅ」

無言の議論をしているところに、帆坂くんが出勤してきた。

「あれ——なんか三梨さん、お疲れっぽいですね。僕、栄養ドリンクでも買ってきましょうか？」

「いや、大丈夫。ちょっと寝不足なだけだから」

「ははぁさてはまた、あの気持ち悪いビデオでも見てたんですね？」

「そんなところだ」

心配性の帆坂くんには、昨夜の出来事は話さないことに決めていた。

帆坂くんがカウンターデスクにつくのを待って、俺は冬絵に電話をかけた。小声で手短に事情を説明すると、彼女はすぐに事務所へやってきた。

俺は冬絵に、今後のことについて相談した。

「でかい報酬は惜しい。でも、うっかり警察に目をつけられてしまってはまずいだろう。俺も、叩《たた》けば埃《ほこり》の一つや二つは出てくるし、それはきみも同様のはずだ。とくにきみはほら、四菱エージェンシー時代の、真っ黒な埃が飛び出してくる可能性だって——」

勢いで言ってしまってから、俺は慌《あわ》てて言葉を添えた。

「そりゃ、いまはまっとうな仕事をしてるけどな」

「深夜の不法侵入がまっとうな仕事？」

「言葉の綾《あや》だ。とにかく、俺としては、この仕事を降りるべきだと考えている。そこで、きみの意見を聞きたいんだ。もちろんきみにはあとでスタッフとしての支払いをきちんとするつもりだけど、やりかけた仕事を中止することに対して、もしきみが——」

「失礼しますぅ」

帆坂くんが急須《きゅうす》と湯呑《ゆの》みを二つ載せたお盆を持って入ってきた。冬絵はさり気ない仕草でサングラスを顔にかけ、眼を隠す。

「緑茶でよかったですか？」

「ありがとう。私がやるわ」

冬絵が手を伸ばすと、帆坂くんはもやし顔をほころばせて首を横に振った。

「いいですよぉ、冬絵さんは座っててください。これ僕の仕事なんですから」

帆坂くんが器用にお茶を淹《い》れて出ていくのを見届けてから、俺たちは低い声で話を再開した。

「少なくとも、この仕事はしばらく中断すべきだろうな。少し経《た》てば、おそらく警察も黒井楽器ビルに出入りすることはなくなるだろうから」

「しばらくって、どのくらいかしら」

「それほどは、かからないと思う。さっき話した、あのタバタという女――彼女が捕まるのはきっと時間の問題だ」

「どうしてそう思うの？」

冬絵の口調はやけに平坦《へいたん》だった。何故《なぜ》だか、事務所にやってきてからずっとそうなのだ。自分と周囲のすべてとの距離を、つねに慎重に測っているような。しかし俺にはそのとき、彼女の様子を気にしているほどの余裕はなかった。

「どうしてって――ほら、もしタバタという女に犯罪歴か道路交通法の違反歴があれば、指紋のデータベースから一発で名前がヒットするだろう？　それに、ゆうべの刑事たちの会話からすると、警察はいまのところ犯人を男だと考えているようだったけど、封筒に残っていた指紋の形状から、もしかしたらすでに犯人の性別に気がついているかもしれない。犯人は男ではなく女だったということに。タバタという女がどういう体格をしているのか俺は知らないが、もし彼女の指が、女性らしい小さなものなら、指紋の形状から――」

冬絵がサングラスを外し、両眼を見ひらいて、まじまじと俺を見つめた。下瞼《したまぶた》にひどい隈《くま》ができている。

「──どうした？」

「封筒の指紋って？」

「え？　ああ、悪い。俺たちには関係のないことだから、さっきはわざわざ言わなかったんだ」

俺は冬絵に、凶器の文化包丁が入った白い無地の封筒から、犯人のものと思《おぼ》しき指紋が検出されたことを説明した。すると。

冬絵はさっと身を硬くして息を呑んだ。

「何だ……どうした？」

冬絵はただ首を左右に振るだけで、何も答えない。そして、いきなり立ち上がった。

「悪いけど、今日のところは帰るわ」

「え、おいちょっと……」

「あとで連絡する」

素早くサングラスをかけると、冬絵はそそくさと部屋を出ていった。

「あれぇ、もう帰っちゃうんですかぁ？」

冬絵は帆坂くんに返事もしないで廊下を去っていく。

「何なんだ……」

俺は彼女を追いかけることも忘れ、床に尻《しり》をつけたまま呆然《ぼうぜん》と口をあけていた。頭の中で、ダイアのクィーンがひらひらと踊っていた。

午後になって、俺は事務所を出た。ミニクーパーに乗り込んで向かった先は、黒井楽器ビルだった。警察の捜査の進捗《しんちょく》が、ひどく気になってきたのだ。

青梅《おうめ》街道から脇道《わきみち》へ入る。パトカーが二台、黒井楽器ビルに横づけされていた。裏口から、制服の係官が白い息を吐きながら大勢出入りしている。俺はいったんビルの前を行き過ぎ、怪しまれない程度の距離をとってから路肩に車を停めた。空がやけに薄暗く、いまにもひと降り来そうな気配だ。雪か、雨か。重たげな雲の色が、俺の胸の底にある不吉な予感を助長した。

「すると、タケナシくん、間違いないんだね?」

聴き憶《おぼ》えのある声。首を回すと、路地の反対側を、よれたコートを着た男が二人並んで歩いているのが見えた。

「ええ、鑑識はそう判断したようです。傷口の形状から――」

ふと、男の一人と目が合った。彼は言葉を切り、背をこごめるようにして俺の顔を覗《のぞ》き込んでくる。もう一人もこちらを向き、不審げに唇をすぼめた。俺はすぐに視線をそらした。二人の男は、なおしばらく俺をじっと見てるようだった。俺は大あくびをしたり鼻の脇を掻《か》いたりしながら、彼らが自分に興味をなくすのを待った。

やがて二人は、無言でふたたび歩き出すと、黒井楽器ビルの裏口を入っていった。

いまのは、ゆうべの刑事たちだろう。タニオとタケナシ。上司のタニオは、日焼けの染《し》みついた額に横皺《よこじわ》の目立つ、猫背の男だった。部下のタケナシのほうは、声は低くてちょっと渋かったが、顔は茄子《なすび》のようにつるりとした童顔だ。名前もそうだが、年齢もまたはっきりしない人物だ。

ビルの中で、二人はふたたび口をひらいた。俺にはその声が丸聴こえだった。

《タニオさん、いまの人、何で車の中であんなでかいヘッドフォンしてるんですかね?》

《カーステレオが壊れてるんだろ》

《なんか、怪しい気がしません? もしかしてあのヘッドフォンの下に、何か変なものでも隠していたりして》

ご名答。

《何を隠すっていうんだ?》

《たとえばほら、盗聴器とか》

惜しいな。盗聴器じゃない。

《きみはミステリーの読み過ぎだよ。昔はたしかにマニアもいたが、いまどき警察の捜査を盗聴するような度胸のある人間がいるもんか》

残念でした。

《そんなことよりタケナシくん、さっきの話だ。例の文化包丁は、確かに凶器と断定されたんだね？》

《ええ、被害者の傷口の形状から見て、間違いないそうです》

《で、封筒から出た指紋の該当者は？》

《署のデータベースに、一致する指紋はなかったようです》

《そうか。しかし——犯人は、いったい何を探していたんだろうな》

探していた？

《それなんですよね。例の、企画部のトミタという人物に訊《たず》ねてみたところ、犯人の指紋が見つかったあのデスクの引き出しから、なくなっているものは何もないそうです。そもそもあそこには、それほど重要なものは仕舞っていないらしいんですよ。取引先からの見積書だの、楽器の仕様書だのがファイリングしてあるだけで》

《しかし犯人は、わざわざあのデスクの引き出しをすべてあけている。いちばん下の

段なんて、開錠してまで中を探っているんだぞ》
《あのトミタって人、開錠の痕《あと》があると鑑識に指摘されて、驚いてましたね》
《鑑識も、よくもまあ、あんなに小さな傷を見つけるもんだよ》
《あれがなければ、犯人の指紋も見つかりませんでしたよね》
《デスクの引き出しの内側なんて、普段は指紋を採らないからな》
《それにしても奇妙ですよねえ。——犯人は、殺人を犯し、デスクの引き出しを探った。それも、たった一つのデスクだけです。しかしデスクの持ち主によると、そこには重要なものなど何も仕舞っていなかったという》
《まったく、何が目的だったのか……》
《んんん……》
二人は黙り込んだ。
どういうことだ。デスクの引き出しから犯人の指紋？　企画部のトミタのデスクから？　それはあの雪の夜、潜入調査のときに冬絵が探ったデスクじゃないか。
——ねえ三梨さん。私、手袋をしていなかったけど大丈夫かしら？——
——明日は土曜日で、ちょうど清掃業者が入る。きみが触ったドアもコピー機もデスクも、ぴかぴかに拭《ふ》いていってくれるさ——

たしかに、ほとんどの指紋は、清掃の際に拭《ぬぐ》われたのだろう。しかし、デスクの引き出しの内側までは拭かれなかった。当然だ。べつにおかしなことじゃない。そこまで丁寧な清掃業者などいない。しかし。

「犯人の指紋……？」

俺はそのまま、たっぷり一分ほどのあいだ、目の前のフロントガラスを睨《にら》みつけていた。

昨日の朝、

――今夜、車で迎えに行く――

――仕事だよ。黒井楽器に、もう一度潜入してみようと思うんだ――

俺は冬絵にそう言った。

――引越しの片づけを終わらせたいの。日程をずらしてもらってもいい？――

冬絵はどこか不自然な態度で、そう答えていた。

俺はコートのポケットから携帯電話を取り出した。〈冬絵－スタッフNo. 002〉のメモリーを呼び出し、発信ボタンに指を伸ばす。が、それを押すことができない。不安が胸の中で高まる。

俺はメモリーの呼び出しをキャンセルし、かわりに三桁《けた》の番号をプッシュした。

『お電話ありがとうございます。１０４のキノシタがお受けいたします』

「千代田区の、四菱エージェンシーという探偵社をお願いします」

——きみが辞めるって言ったとき、四菱エージェンシーはすぐにオーケーしてくれたのかい？——

『千代田区の四菱エージェンシーですね。少々、お待ちくださいませ』

——いつでも逃げ出せるように、もともと、偽名で働いていたから——

『それではご案内いたします。お電話、ありがとうございました。……バンゴウハ、ゼロ、サン、サン、ニ……』

俺は通話を切り、合成音声の教えてくれた番号へ非通知で電話をかけた。応答したのは、低い中年男の声だった。

『四菱エージェンシーです』

「ちょっとした調査を依頼したいのですが」

『どのような内容でしょう？』

「私、じつは以前、そちらで信用調査をお願いしたことがあるんです。そのときにご担当いただいた方に、とてもよくしていただいたもので、また同じ方とお話しさせていただければと思うのですが」

『はあ。うちの、誰でした？』

「ええと、女性の方で、いつもサングラスをかけていて、名前はたしか、タバタさんとか……」

俺は言葉を切り、祈った。相手が、そんなスタッフはいませんが、と不思議そうに答えるのを待った。しかし。

『ああ、タバタですか。申し訳ございません、タバタはいまちょっと特別な部署にいるもので、一般の方からのご依頼はお受けできないんですよ。ほかのスタッフでもよろしいですか？ 当社は常に、お客様にご信頼いただけるスタッフを――』

電話機を握った俺の手は、ゆっくりと下がっていった。俺はただ、無感覚にフロントガラスを見つめていた。モシモシ……モシモシ……羽虫が蠢《うごめ》いているような声が電話機から洩《も》れている。

ダイアのクィーン。

ダイアは、金銭を表すマークだ。

ダイアのクィーン。

14　どんな基準で

夕刻、刈田から電話があり、ゆうべ俺が耳にした一件をどうするつもりかと訊《き》かれた。

「いまのところ、自分が犯行の瞬間を聴いていたことを警察に報《しら》せるつもりはありません。もし私が話してしまったら、刈田部長も谷口社長も、まずいことになるでしょうし」

『うん、まあそりゃ……きみを雇ってライバル社を盗聴させていたことが露呈してしまうわけだからな……』

刈田は電話の向こうで低く唸《うな》った。

『しかし、やはりこのままにしておくのはまずい気がしないか？　だってほら、きみの話によると、警察は犯人像を勘違いしているわけだし。犯人は男だと思っているんだろう？　警察は』

「いずれにしても、少し時間をください。じっくり考えてみることにします」

それから俺は事務所で一人胡坐《あぐら》を組み、冬絵からの連絡を待った。こちらから電話をかけることは、どうしてもできなかった。どうやって話を切り出せばいいのかがわからない。頭の中は、脳味噌《のうみそ》を取り出して、かわりに灰色の泥を詰め込んだように、重たく濁っていた。その灰色の泥の正体は自分でもわかっていた。冬絵に対する疑惑以外の何物でもない。

俺の様子を心配してか、帆坂くんがときおり受付からちらちらとこちらを覗き込んでいた。彼は何度か、悩み事でもあるのかと俺に訊いてきた。余計な心配はかけたくなかったので、俺はそのたびに首を横に振った。すると帆坂くんは寂しそうな顔で、またカウンターデスクに向かうのだった。

窓から差し込んでいた光が橙色《だいだいいろ》に変わり、やがてそれも薄らいで、とうとう消えた。いつもより遅い九時頃になって、帆坂くんは帰り仕度をはじめた。

ふと、窓の外の雨音に気がつく。

「家まで送ろうか？」

俺が声をかけると、帆坂くんは「平気です」と笑った。

「長靴、履いて帰りますから」

「どんな長靴だよ」

「冗談ですよ。傘、くっつけて帰りますので、ご心配なく」

玄関先で、帆坂くんは俺を振り返った。それまであまり見たことがない、何だかとても哀《かな》しそうな顔をしていた。

「ねえ、三梨さん。僕、三梨さんの役に立ってます?」

唐突な質問に、俺はすぐに言葉が出てこなかった。すると帆坂くんは俺の沈黙を勘違いしたらしく、もっと哀しそうな顔をして、じつに下らないことを言い出した。

「僕が邪魔になったら、そう言ってくださいね。そのときは僕、どこか別の働き口——」

「顔がもやしなんだから、中身までもやしみたいなこと言うな!」

つい語気を荒くして、俺は彼の言葉を遮《さえぎ》った。帆坂くんは「もやし……」と呟《つぶや》いて俺の顔を見直した。この際なので、俺ははっきり言ってやった。

「これでも俺は経営者だ。どんな基準でスタッフを選んだっていいはずだ。そうだろう? 単純な好き嫌いで選ぼうが、相性で選ぼうが、俺の勝手だ」

「でも……」

「でももストもない。きみがここを辞めるのは、きみがさっきみたいなことをもう一度口にしたそのときだ。覚悟しとけよ。思いっ切り叩《たた》き出してやるから」

帆坂くんはうつむいて、しばらく何かもごもごと口の中で言っていたが、やがて顔を上げた。

「お疲れさまでした」

帆坂くんは帰っていった。廊下で一度だけ振り返り、彼はにやりともやし顔をほころばせた。俺は鼻息を返してやった。

ひと晩中、窓を叩いていた雨は、明け方になってようやくやんだ。けっきょく、俺は一睡もしなかった。

15　トウヘイのクイズ

午前八時。帆坂くんが出勤してきた。

「ぅお早うございますぅ」

元気に朝の挨拶《あいさつ》をして、帆坂くんはごそごそと自分の鞄《かばん》を探る。肩から掛けられるタイプのやつで、彼はいつもそれを持ってくる。丸い眼鏡をずり上げずり上げ、帆坂くんが鞄の中から取り出したのは、彼の大好きな日本地図と、なにやら白いビニール袋だった。

「ねえ三梨さん。うちのお母さんが昨日、焼き豚を送ってくれたんですよ。ほら前に、三梨さん食べてくれて、すごい気に入ってくれたじゃないですか。またいっしょに食べましょうよ。ほんと美味《おい》しいですよねこれ」

帆坂くんの母親は北陸の田舎に暮らしている。父親は帆坂くんが学生のときに急逝《きゆうせい》したらしい。母親は、帆坂くんの弟である中学生と高校生の二人の息子に手伝ってもらいながら、夫の遺《のこ》した畑で農業を営んでいる。以前に聞いた話だと、とにかく人手不足で、息つく暇もない毎日なのだとか。だからこそ、帆坂くんは周囲の大反対を押し切って一人で東京に出てきたのだ。彼はこの事務所で稼いだ給料の一部を、毎月欠かさず家族に仕送りしている。給料は出勤日数で計算して支払っているので、帆坂くんは俺がいくら休めと言っても毎日ここへやってくる。俺としてはもちろん助かるのだが、ときおり彼の身体《からだ》が心配になる。

「焼き豚ね……」

立ち上がると、長いこと同じ姿勢をつづけていたせいで、膝《ひざ》の関節がぱきぱき鳴った。

「いつ送ってきたって？」

「え？　だから、昨日です」

「夜の九時にここを出て、どうやって受け取ったんだ？」

「帰ったらドアに宅配便の不在通知が挟んであったもんで」

「その時間には再配達なんてしてくれないだろう」

「あ、僕、集配所まで自分で取りに行ったんですよ」

「嘘《うそ》つけ」

帆坂くんは細長い頭をぽりぽりと掻《か》きながら下を向いた。

「なんか、昨日、三梨さん元気なかったから……好きな食べ物で元気が出るかと……」

帆坂くんはときたまこうして優しい嘘をつく。しかし、それがじつに下手くそなものだから、これまでばれなかった例《ため》しがない。

「ありがたくいただくよ」

俺は焼き豚の入ったビニール袋を受け取った。きっと、苦労して、ゆうべのうちに自分でつくってくれたのだろう。

「でも、美味しいのはほんとですよ」

「だろうな」

そうしているうちに、一人であれこれと頭を悩ませているのがなんだか馬鹿馬鹿《ばかばか》しく思えてきた。

「よし、今日は臨時休業だ。ここの連中を呼んで、みんなでこの焼き豚を食うことにしよう。焼き豚パーティーだ」

「え、でも……」

「心配いらない、帆坂くんは有給休暇だから」

帆坂くんは嬉《うれ》しそうに両手をぱちんと打ち鳴らした。

「あ、じゃあ冬絵さんも呼びましょうよ。僕の焼き豚、冬絵さんにも食べてもらいましょう」

思わぬところで、こちらから冬絵に連絡する口実ができた。

午前中一杯かけて、可能なかぎり部屋を片づけた。ついでにフルチのビデオコレクションも整理して、ビデオテープをちょっといじった。

昼頃、野原の爺《じい》さんとまき子婆《ばあ》さんがそれぞれ日本酒の一升瓶を持ってやってきた。

「どうだい、部屋は片づいてるかい？」

部屋に入るなりまき子婆さんは疑《うたぐ》り深そうに片方の眉《まゆ》を上げる。野原の爺さんがすぐさま首を横に振った。

「いいや。相変わらず、うすぎたでえ部屋だ」

「床にシャツなんて散らばってるんじゃないかい？」

「ぶりやり、端っこぢ寄せてある」

「三梨、あんたそれじゃあいつまで経《た》っても独身だよ。女見つからないよ」

「うるせえな、黙って座れよ……」

「帆坂の坊や、あんたもこんな事務所で一日中地図ばっかり見て暮らしてたら、腐っちまうからね。彼女できないからね」

「そうですかねぇ……」

「ま、しっかりやんな」

まき子婆さんは帆坂くんの頭に手を乗せようとしたが、ちょっとずれていた。帆坂くんは素早く自分の頭の位置を調整してそれを受けた。

隣室からトウミとマイミもやってきた。相変わらずシャム双生児のように身体を寄せ合いながら、二人は大きな四角い缶を俺に差し出した。

「クッキーを持ってきてあげたわ」

「これけっこう値が張るみたいよ」

トウミが左手で缶を支え、マイミが右手で蓋《ふた》をあける。なるほど高級そうなクッキーが、たくさん入っていた。

「さっき数えたら七十二枚よ」

「八人だから一人九枚ずつよ」

玄関のドアがひらき、廊下に大きな図体《ずうたい》が見えた。半ズボンに黒いワイシャツ、真っ赤なネクタイを巻いて紫色のジャケットをはおり、額の真中には『神』の一文字。

「おう、トウヘイ、入れよ。いま帆坂くんが焼き豚を切ってくれてるから」

トウヘイは部屋に入るなり「ふもっ」と言いながら双子《ふたご》の姉妹に太い両腕を伸ばした。二人は心得たもので、嬉しそうにじっとしている。気合一発、トウヘイはばばっと双子のそれぞれの髪の毛の中から数枚ずつカードを取り出した。すべてフェイスカードだ。

「♪ふふんふんふんふうん」

奇妙な鼻歌を歌いながら、トウヘイは恭《うやうや》しい仕草でフェイスカードの束をトウミとマイミに差し出す。ぜんぶで十一枚だった。

「ありがとうトウヘイさん」

「でもこれって何かしらね」

「これはあたしたちのことよマイミちゃん」

「この絵札の束がどうしてあたしたちなの」

「ほらよく見なさいよ一枚だけ足りないでしょ」
「あらほんとハートのキングだけ入ってないわ」

トウヘイはただにやにやして、二人の様子を眺めていた。ハートのキングがないフエイスカードの束が、何故《なぜ》トウミとマイミになるのか、俺にもわからなかった。ハートのキングといえば、以前俺がもらったカードだが——まさかあのときのように、自殺云々《うんぬん》が関係しているわけではあるまい。
「マイミちゃん鈍いわね、こういうことよ」
トウミがマイミになにやらこそこそと耳打ちする。するとマイミは「あ」と口をあけた。
「そういうことだったのね。もう、トウヘイさんの意地悪！」

マイミがトウヘイの肩を、ぽか、ぽか、と殴る。

「意地悪……？」

ああ、なるほど。しばらく考えて、ようやく俺にもカードの意味がわかった。

トウヘイは満足そうにうなずいて、身体の向きを変えると、こんどは野原の爺さんにカードを差し出した。クィーンが四枚だ。

「ううう？　こりゃ、どういういびだ？」
野原の爺さんはトウヘイのクイズを楽しむように首をひねった。トウミとマイミが横からカードを覗《のぞ》き込む。
「あたしわかったわよ」
「あたしもわかったわ」

「え、おばえらわかったどか？」

「ほらクィーンの絵をよく見て」

「どこかが少しおかしいでしょ」

「え？　だぢがおかしい？」

「どれも、手に何も持っていないじゃない」

「そうよ、普通はあれを持っているのにね」

そういうことか。これはすぐにわかった。

野原の爺さんは天井を見上げて眉を寄せていたが、やがて「おお！」と声を上げた。

「だるほど、だるほど！　わはは、トウヘイ、おべえ、だかだかうばい洒落《しゃれ》をおぼいつくじゃでえか！　え、こど、こど！」

野原の爺さんはトウヘイの頬をぴしゃぴしゃ叩《たた》いた。

「トウヘイ、あたしにもやっとくれよ。何かカード出しとくれ」

まき子婆さんがせがむと、トウヘイは尻《しり》のポケットに手を突っ込んで、何の技術もいらないぞんざいなやり方でカードを一枚取り出した。

「おいばき子婆さっ、あったはジョーカーだとよ!」

野原の爺さんが愉快そうに言い、俺も思わずふくみ笑いをした。トウヘイの奴《やつ》、オチまで用意しているとは、なかなかやる。

そのときトウミとマイミが、さっきあけたクッキーの缶にわざわざ蓋をして、二人でトウヘイの前に差し出した。

「このクッキーの枚数をあたしたちに教えてよトウヘイさん」

「全員に同じ枚数だけあげたいんだけど数えるのが面倒なの」

するとトウヘイはゆっくりと首を左右に振り、ぶるぶると不満げに唇を鳴らした。これはお馴染《なじ》みの仕草だ。トウヘイは、知っていることをわざと訊《たず》ねられると、決まってこれをやる。人に試されるのが嫌いなのだ。

「こら、あんたたち。トウヘイをからかうようなことしちゃ駄目だよ」

まき子婆さんがすごく怖い顔をして双子を威嚇《いかく》した。

「ごめんなさい」

「もうしません」

二人はくすくすと笑いながら同時に首をすくめる。しかし心優しいトウヘイは、

「ふもっ」と唸《うな》ってクッキーの缶の上に7と2のカードを置いた。缶の中身は七十二枚、ご名答。

「はーいみなさーん、焼き豚の登場ですよー」

帆坂くんが大皿を上手《うま》いこと頭に乗せて部屋に入ってきた。それと同時に、廊下をこつこつと足音が近づいてくるのが聞こえた。

「――こんにちは」

サングラスをかけた冬絵が、ためらいがちに顔を覗かせた。

16　眼のサイズ

「あたしは冬絵さんの眼を素敵だと思うわ」

「そうよ隠しているなんてもったいないわ」

「せっかくとっても奇麗なのに」

「あたしもそんな眼がよかった」

トウミとマイミはストローでジンジャーエールをすすりながら、素直にそう言った。大皿の焼き豚はもうほとんどなくなり、双子の持参したクッキーも残り僅《わず》かになっていた。野原の爺さんとまき子婆さんは、日本酒ですっかりくたくたになっている。

「そうかしら……でも、私は嫌い」

冬絵は恥ずかしそうに下を向き、両手で持ったビールの缶を見つめた。つい先ほどまで彼女はサングラスをしていたのだが、酒の進んだ野原の爺さんに「そんだぼっ外しちばえ」と言われ、とうとうそのとおりにしたのだった。「みんな、きっと笑うから」と冬絵は心配したが、笑う者などここには誰もいなかった。

「私、小さい頃からこの眼が嫌で嫌で――あ」

まき子婆さんがいきなり冬絵の顔に片手を伸ばし、人差し指と親指を使って眼のサイズを計測しはじめた。冬絵は困惑げに上体を引きながらも、されるがままになっている。

「ふんふん……ほうほう……」

ひとしきり計測をつづけていたまき子婆さんは、やがて体勢を戻して腕を組み、測定結果をミリ単位で口にした。まき子婆さんの「指メジャー」は、かなり正確だ。

「いいじゃないか。いいサイズじゃないか」

「だからさっきからあたしたちがそう言ってるでしょ」

「まき子お婆さんたらいつも話聞いていないんだから」

「ちょっと確認してみただけだよ」

冬絵がアパートの連中と懇意になれたことは、単純に嬉《うれ》しかった。しかしそれを喜ぶ気持ちと同じだけ、俺の胸には暗い影が差していた。もともと自分が提案したこの小さな宴会だが、俺はどうしても心から楽しむことができずにいた。

「ん――トウヘイ、ビデオ見るのか？」

がちゃがちゃと音がするので振り返ると、トウヘイが部屋の隅にあったダンボール箱をあけて、中を探っていた。『地獄の門』『ザ・リッパー』『サンゲリア』……そこには俺の敬愛するフルチのビデオコレクションがぎっしりと詰め込まれている。何年も苦労して集めたもので、マニアは垂涎《すいぜん》ものだろう。ただしトウヘイはマニアなどではない。

「んおおおっ！」

トウヘイは箱から取り出したビデオのグロテスクなパッケージをひと目見るなり、驚いてそれを放り投げた。

「フルチの映画は、お前には無理みたいだな。——ああそうだ、冬絵。よかったら、一本持って帰って観《み》たらどうだ？　きみも好きだろ？」

「え？　ええ、そうね。ありがと」

自分のフルチ好きを俺に知られていたことが、意外だったらしい。彼女は戸惑いながらうなずいた。

それからほどなくして、アパートの連中はぱらぱらと帰っていき、帆坂くんと冬絵が最後に残った。

「帆坂くんも、たまには早く帰るといいよ。後片づけは俺がやっておくから」

「ほんとですか？　じゃあ、お先に失礼します」

「焼き豚、ごちそうさま。美味《うま》かったよ」

「またつくってきますね」

にっこりと笑ってから、帆坂くんは冬絵に顔を向けた。

「あの、冬絵さん、よかったら、こんどつくり方教えますよ。おりょ、お料理は、けっこうされるほうなんですか？」

彼は料理上手が好みなのだ。

「ごめんなさい、料理は苦手なの。いまの部屋に引っ越してからは、まだお湯も沸かしたことがないわ。コンロの上はダンボール箱の山」

「そうですか、はぁ……」

帆坂くんが残念そうにドアを出るのを待って、俺は冬絵に向き直った。

「おとといの朝、たしか部屋を片づけるつもりだって言ってなかったか?」

「え……」

冬絵は一瞬言葉を詰まらせたが、すぐに微笑してみせた。

「ああ、台所はほとんど使わないから、まだ手をつけてないのよ。ほかの場所はその日に片付けたわよ、ちゃんと」

冬絵の言葉を素直に受け止め、納得することなど俺にはできなかった。いくらか迷ったが、俺は思いきって切り出した。

「なあ、きみはおとといの晩、どこに――」

「どれにしようかな」

俺の言葉を強引に遮って、冬絵はビデオテープの箱に屈《かが》み込んだ。

「冬絵、頼むよ。俺の質問に――」

「昔一度、劇場で観て以来だわ。懐《なつ》かしい」

彼女は俺の顔を見ようとさえしなかった。

やがて、冬絵はビデオテープを一本ハンドバッグに入れ、玄関のドアを出た。俺は頭の中に灰色の泥を詰め込んだまま、彼女の背中を見送った。

冬絵の選んだビデオテープは、よりによって『サンゲリア』だった。

《さあ、それではいってみましょう、今週のマニマニマニアック・クエスチョン！（ABBA“Money, Money, Money”のサビがワン・フレーズ）》
午前七時二十分。いつものように隣室のラジオで目が覚めた。
《まずは先週の問題の正解から。なんたる偶然！　作家ヘミングウェイの孫娘の名前は何という？――はい、正解は》
「マーゴ・ヘミングウェイ」
《マーゴ・ヘミングウェイでした！　孫の名前が、なんとマーゴ。はるか昔の中学校時代、“so”の意味が〝そう〟だと知ったとき以来の衝撃です。ちなみにこのマーゴさんは睡眠薬自殺されてますので、ネタのご使用には十分ご注意ください。正解された方、おめ――》

ダイアルが回されたようで、ラジオからはひと昔前に流行《はや》ったパンクバンドの曲が流れはじめた。俺はぼんやりと自分の鼻先を見つめながら、喋《しゃべ》っているのだか歌っているのだかわからないその音楽に、しばらく耳を傾けていた。

そろそろ秋絵のところに行こうかな、と俺は思った。

17　穴のあいた招き猫

日曜日、俺は東海道新幹線に乗った。京都でローカル線に乗り換え、S駅で下車してタクシーを拾う。滋賀県の南端、三重県と接するあたりの山間《やまあい》に、暮ノ宮という小さな町がある。秋絵の故郷だ。秋絵の死んだ十二月になると、俺は必ずそこへ足を向ける。

「——ったんですか?」

胡麻塩《ごましお》短髪のドライバーがハンドルをさばきながらこちらを振り返った。

「お客さん?」

「ああ、ごめん。ちょっと考え事してた」

「なんや、聞こえてはったんですか。帽子で耳が隠れとるもんやから、聞こえへんかったかと思いましたわ」

頭にでかいヘッドフォンを嵌《は》めて墓参りをするわけにもいかないので、ここへ来るときはいつもヘッドフォンは鞄《かばん》に仕舞っていた。かわりにニット帽を深く被《かぶ》って耳を隠している。

「お墓にお参りするのに、わざわざ東京から来はったんですか、って訊《き》いたんですわ」

「そう……わざわざ、来たんだ」

俺は窓外に視線を移した。

秋絵の墓前で静かに手を合わせれば、冬絵のことですっかり混乱している頭の中も、少しは落ち着いてくれるかもしれない——そんな期待を、俺は抱《いだ》いていたのだ。

タイヤが砂利を踏み、タクシーは墓地の駐車場へと辿《たど》り着く。

「お客さん、どうされます？　私、ここで待ってましょうか？　どうせ帰りには、またタクシー呼ばなあかんのやろから」

「いや、いいよ」

毎年、乗車したタクシーのドライバーはみんな同じことを言ってくれるが、俺は必ず断ることにしていた。秋絵の墓前で、自分がどれだけの時間を過ごすことになるのか、見当がつかないからだ。陽が落ちるまでいたこともあった。いたたまれなくなって、ものの一分で立ち去ったこともあった。

——どうして、鳩《はと》を見てるんだ？——

——好きなの、鳩が——

墓地は山を切り拓《ひら》いて造成されている。俺は砂利敷きの駐車場を出て、墓石のあいだに歩を進めた。冬の日差しが明るく降り注ぎ、地面にきらきらとモザイク状の葉影を落としている。幽霊が出たくても出られないような眺めだ。

ふと、帆坂くんの顔が頭に浮かんだ。

彼は自分のことを「幽霊」だなどと言うときがある。

——僕、幽霊みたいなもんですから——

あれは、まるっきりの冗談なのか。それとも自分の境遇を嘆く気持ちを、冗談でくるんで口にしているのだろうか。

静かな隘路《あいろ》を二度曲がり、俺は秋絵の墓の前に立った。ちらりと周囲を見回してから、ニット帽を脱いで膝《ひざ》を折る。

用意してきた花を、花器に挿すつもりだったのだが、そこにはすでに色の新しい菊が大きな花を並べていた。誰が供えてくれたのだろう。俺は持参した花を墓前に横たえた。

「ん……」

墓石の後ろに、何か白いものが見える。立ち上がって回り込んでみると、それは瀬戸物の招き猫だった。右手を上げ、玉砂利の上にぽつんと座り、猫は声を出さずに笑っている。大きさは、ちょうど握り拳《こぶし》一つ分ほどか。手に取ってみると、なにやら指先に違和感をおぼえた。猫を反転させ、後ろ側を見る。後頭部から背中の真中あたりにかけて、ぽっかりと穴があいている。中は空洞だ。供え物だろうか。忘れ物だろうか。

視線を上げる。墓石は誰かが洗ったばかりらしく、うっすらと濡《ぬ》れていた。墓石の裏側には故人の名が刻まれている。野村秋絵、野村宗太郎、野村晴海――祖父母と三人で、この下に仲良く眠っているのだ。そういえばいつだったか秋絵は、小さい頃から祖母のことが大好きだったと俺に話してくれた。いわゆる「お祖母《ばあ》ちゃん子」だったようで、俺がいつも世話になっていた料理の腕も裁縫の腕も、そもそもは祖母に教えてもらって上達したのだとか。その祖母が死んだとき、秋絵はじつに一週間も泣きつづけたらしい。最後には鼻水ではなくて鼻血が出てきたと、秋絵は笑っていた。笑いながら、また泣いていた。

背後から人の話し声が聞こえてきた。俺は穴のあいた招き猫を持ったまま、片手で素早くニット帽を被って耳を隠した。

振り返ると、墓のあいだの隘路を二人の人物が近づいてくるのが見えた。年老いた男と女。彼らは俺の姿を見ると、はっとして同時に足を止めた。誰だろう。どちらにも見憶《みおぼ》えはない。俺はとりあえず軽く会釈《えしゃく》をしておいて、また秋絵の墓石に向き直った。すると二人のうち、女性のほうが、おずおずと近づいてきたのでまたそちらに顔を戻した。

「あの子の……お墓参りに来てくれはったのやろか？」

驚いた。どうやら秋絵の母親らしい。するともう一人のほうは父親か。

両親に会うのは初めてだった。毎年墓参りに来てはいたが、秋絵の実家には一度も足を向けたことがなかった。自分の容貌《ようぼう》のこともあるし、だいいち、東京での俺と秋絵の関係について話さなければならないのが嫌だったからだ。秋絵が俺の部屋で暮らしていたと知ったら、彼らはきっと、秋絵の自殺の原因に俺が何か関わっているのではないかと想像してしまうだろう。俺なら絶対にそう考える。べつに自分が誤解されるのは構わないが、俺は、両親の胸の中に純粋な弔意《ちょうい》を邪魔するようなものを植えつけたくはなかった。

「東京で、付き合いのあった者です」

俺はそう答えて頭を下げた。

「失礼ですが、ご両親ですか？」

二人は相好を崩して同時にうなずいた。

「あの子の、東京での知り合いに会《お》うたのは、初めてです」

笑顔のまま、母親が柔らかい声で言った。それから彼女はすいと俺の手元に目線を移し、「あ」と口をひらく。

「やっぱし、ここに忘れとったんやわ。その招き猫、あの子が小さいときに使《つこ》うてた貯金箱なんです。あたしら、ここに来るときは必ずそれを持ってくるんですよ。あの子が、えらい気に入っとったもんで」

その先を父親がつづけた。

「置きっぱなしにすると、汚れてしまいますでしょう。だからいつも、持って帰るようにしとったんです。今日は——墓石を洗ったときに、置き忘れてしもたようで。痴《ち》呆《ほう》のはじまりかわからんな、これ」

彼は妻に顔を向け、に、と笑った。

俺は持っていた招き猫を父親の手に返却した。それとなく、二人の顔を眺めてみる。

秋絵の背が高かったのは、どうやら父親ゆずりだったらしい。いくらか猫背の気味があるが、父親は俺よりもだいぶ上背があった。両親の顔立ちは、どちらも秋絵の面影を思い起こさせるものだった。とくに母親のほうは、秋絵がそのまま年齢を重ねたイメージそのものだ。秋絵から水分がいくらか抜けたら、きっとこんなふうになるのだろう。その母親が、ゆっくりと瞬《まばた》きをして、とても丁寧な所作で俺に頭を下げた。

「東京からわざわざお越しいただきまして、ありがとうございます。あの子もきっと喜んどると思います。墓参りに来てくれる人、あんまりいいひんもんで」

「あいつは昔から、引っ込み思案で、友達が少なかったからな……」

父親が、急に侘《わび》しげな顔になって言い添えた。

二人に秋絵のことを色々と訊《たず》ねてみたかった。秋絵は俺に、東京へ来る前のことはあまり話したがらなかったのだ。昔の秋絵を、俺はほとんど知らない。どんな子供だったのか。どんな学生だったのか。

話を切り出すタイミングを量っていると、父親が不器用な笑顔を浮かべて言った。

「どやろ。家《うち》へ、寄っていかはりませんか？　せっかくはるばるいらしたのやから」

18　目立つもんで

「三梨さん——はああ、珍しいお名前ですね」

言いながら、父親は俺のグラスにビールを注ぎ足した。墓地からタクシーで三十分ほどの場所にある秋絵の実家は、古い木造の二階建てだった。一階の居間で、俺たちは炬燵《こたつ》に足を入れて向かい合っていた。

「よく言われます。子供の頃は、散々からかわれました。三梨は『みなしご』のミナシだって。下の名前が幸一郎なもんですから、『みなしご一郎』なんて呼ばれてました。当時、蜂《はち》のアニメが流行っていたせいもあって」

「あら。じゃあ、三梨さんのご両親は、お亡《な》くなりに？——あ、これどうぞ召し上がってくださいね」

母親が台所から、煮物の皿を運んできて炬燵の上に置いた。醤油《しようゆ》のいい香りがする。

「青森の実家で、子供の頃、雪の重みで家が倒壊したんです。親父《おやじ》もお袋も、そのとき屋根の下敷きに」

「まあ、雪で……」

炬燵の脇《わき》に正座した母親は、上体を引いて俺の顔を見直した。

「三梨さんは、大丈夫やったんですか？」

「よくは憶えてないんですが――どうも、俺は瓦礫《がれき》の中を這《は》って、屋根の下から抜け出したらしいんです。子供で、身体《からだ》が小さかったから、そんなことができたんでしょうね」

もっとも、屋根を抜けた先には大量の雪があった。俺はその雪の中に、長いこと埋もれていたらしい。救助隊が半死半生の俺を見つけて雪から引っ張り出したのは、半日近く経《た》ってからのことだったと聞いている。

あのとき自分も死んでいればよかったと、何度も考えたものだ。しかし、秋絵と出会ったり、ローズ・フラットの連中とふざけ合ったり、こうして温かい炬燵でビールを飲みながら、くるくると表情のよく変わる人たちを前にしていると、そんな考えはいとも容易《たやす》く頭から消え失《う》せてくれる。

「なんや、そない恐ろしいこと、あたしらなんて想像もできませんわ。雪いうたら、歩くのが難儀になるなあ、くらいのことしか考えやしませんからねえ」

「普通はそんなもんですよ。傘が必要かなとか、冷えるから、手袋だのマフラーだの帽子だの――」

俺はふと、自分が深々とニット帽を被ったままでいることを思い出した。室内で俺が帽子を取らないことを、二人は訝《いぶか》しく思っているかもしれない。何か理由を説明しておいたほうがいいだろう。

「帽子を被ったままで、先ほどから失礼しています。じつは子供の頃のその事故で、耳にですね——ちょっとした怪我《けが》をしてしまいまして」

「あら、それで耳を隠してはったんですか」

笑うと、母親はほんとうに秋絵に似ている。

「ええ、その傷痕《きずあと》がちょっと——」

言葉を探してみたが、上手《うま》いのは見つからなかった。けっきょく俺は、正直に言った。

「目立つもんで」

「そんなん、気にすることあらしまへんのに」

少し顔に酔いの出た父親が、げっぷを鼻ですかしながら、俺のグラスにビールを注ぎ足した。

やがて話題は、秋絵の思い出へと緩やかに移っていった。俺は二人に、ここにいた頃の秋絵について訊ねてみた。

「あの子は、あたしらがどっちも四十《しじゅう》を過ぎてからできた、待望の子供やったんですよ」

母親は秋絵の子供時代を、夢見るような顔つきで俺に話してくれた。

秋絵は高校を卒業するまで、この家で暮らしていたらしい。

二人が語ってくれた秋絵の逸話は、俺にとっては初めて耳にするものばかりだった。しかしどれも、聞いて意外に感じるようなことはなかった。ディズニーのキャラクターグッズが好きだったこと。子供の頃から料理に興味を持っていて、祖母の手ほどきを受けながら、よく炊事を手伝ってくれたこと。とても寒がりだったこと。――両親の口から出てくる子供の秋絵は、俺が知っている大人の秋絵と容易に重なった。

父親がふと侘しげな声を洩《も》らしたのは、風で居間の窓硝子《ガラス》が揺れたあとのことだった。三人が一様にそちらに目をやったせいで、会話にしばしの空白が生まれたのだ。

「しかし、あいつは……何でここに顔出してくれへんかったのやろな」

アルコールで赤くなった鼻から、父親は長々と息を吐く。

「冷たい子やなかったのやけどねえ……」

母親も、つり込まれるように炬燵の天板を眺めた。

二人の話によると、どうやら秋絵は、高校を卒業してこの家を出て以来、まったく帰ってきていなかったようだ。一度として。俺と暮らしているあいだに、秋絵が帰省していなかったのはもちろん知っているが、それ以前も同様だったとは初めて聞いた。

「三梨さん――東京で、あいつはどんな暮らしをしとりました？」

父親が思い切ったように顔を上げる。しょぼついた両眼には、目やにと涙が少しずつ溜《た》まっていた。

「なにせ、私らほんとに何も知らんのですよ。どこに勤めてたのかもわからへんし」

俺は、それほど親しくはなかったのですがと前置きをしてから答えた。

「聞いた話だと、どこかの商社で事務のアルバイトをしていたようですよ」

「ああ、そうですか……」

二人はほっとしたように、同時に柔らかい笑顔を浮かべた。

「東京に出てきて以来、ずっとそこで働いていたみたいです」

半分は、嘘《うそ》だった。秋絵がアルバイトで商社の事務員をはじめたのは、俺と暮らすようになってからのことだ。出会った頃、秋絵は新宿の裏通りにある水商売の店で働いていた。身体を売るような仕事ではないが、それに近い、際《きわ》どいサービスはあったらしい。

「何で、自殺なんてしてしもたのやろなあ。東京で、何があったんかなあ……」

父親は自分のグラスに向かって溜息をついた。

すでに夕暮れどきを過ぎていて、窓の薄い硝子の外はだいぶ暗くなっていた。もう少し話していたかったが、そろそろ帰らねば電車がなくなる。俺は膝《ひざ》を立て、辞去《じきょ》の挨拶《あいさつ》を口にした。

「もっとゆっくりしていかはったらええのに」

父親が、すがるような目で引き止める。

「なんなら、泊まっていってもええし」

「あんたそんな、三梨さんもお仕事があるんやから。あたしらは年金暮らしやからええけど。――ねえ三梨さん、無理ですよねえ？」

俺はしばし迷ってから、二人に笑いかけた。

「もし、ご迷惑でなければ」

母親は驚いた顔をした。言い出した父親のほうも、一瞬ぽかんとした表情を見せた。誰より俺自身、自分の口から出た言葉が意外だった。――秋絵がかつて暮らしていた家に、少しでも長くいたかったのかもしれない。それとも単に、東京に帰りたくなかっただけなのかもしれない。谷口楽器も殺人も不審も疑惑も――冬絵のことも、少しのあいだ忘れていたかったのかもしれない。

「ほんなら、二階にお布団《ふとん》の用意してきますね。どうぞ、まだゆっくり飲んどってください」

母親はにこにこ笑いながら廊下へ出ていった。靴下の足音が、階段を小気味よく踏み上っていくのが聞こえた。

炬燵で足を温め、両親がかわるがわる語る秋絵の思い出話を聞きながら、俺は父親が出してきた地酒の杯をいくつも重ねた。幸せな時間だった。夜もだいぶ更《ふ》けてきた頃、俺は母親に礼を言って立ち上がった。父親のほうはすでに炬燵の天板に顎《あご》を乗せて眠り込んでいた。

「あんた、三梨さん、もうお休みになるで」

「ああ、いいですよ、起こさないで。たくさん喋《しゃべ》らせてしまったんで、疲れたんでしょう」

「疲れてへんときでも、いっつもこうなんですよ、この人」

母親は息子を見るような目で夫の横顔を見下ろした。

俺は頭を一つ下げ、部屋を出ようとした。しかし廊下の手前で、ふと立ち止まった。居間の奥にある仏壇に、目を移す。

位牌《いはい》の隣に置かれた、あの招き猫。

穴のあいた招き猫。

「――普段は、そこに飾っとるんです」

俺の目線に気がついて母親が言った。

「招き猫が仏壇にあるいうのも、なんや、縁起悪いような気もしますけどね。まあ最近では、招かれたら招かれたでええかな、なんて二人で言うとるんですよ。あたしらも、もう歳《とし》やから」

俺は仏壇に近づき、陶器の招き猫をそっと手に取った。身体を反転させ、その後頭部から背中にかけてぽっかりと口をあけた穴を、じっと覗《のぞ》き込む。しばらくのあいだ、俺はそうしていた。

「――三梨さん、どうしはったんです?」

母親に声をかけられ、「いえ」と素早く首を振った。

「何でもありません。失礼しました」

招き猫を仏壇に戻した。

「この招き猫は、貯金箱だったんですよね。壊して、何を買ったんです?」

「鏡ですよ。二階にある、女のミッキーマウスの鏡です」

「ミニーマウス？」

「ええ、それ。小学校の、たしか四年生のときやったかな。どうしても欲しい、言うてねえ——ほんま、変わった子やったわ」

母親は懐《なつ》かしそうに眼を細めた。

19 何かに巻き込まれた

階段を上がりながら、俺は長いこと被《かぶ》っていたニット帽を取り去った。

俺のための布団が用意してあったのは、二階にある、秋絵の使っていた部屋だった。畳の上に絨毯《じゅうたん》が敷かれた六畳間。いまだにきちんと掃除をしているのだろう、床も家具も奇麗で、埃《ほこり》一つ見当たらなかった。ハンガーかけに、高校のときのものらしい制服が吊《つ》るされている。秋絵がそれを着ているところを、俺は想像してみた。級友の中でも、きっと身長はあったほうだろう。すらりとしていて、異性の目を引いていたに違いない。

別の壁際に視線を移す。パステル調の化粧板が貼《は》られた木製簞笥《たんす》の上に、ディズニーのキャラクターのぬいぐるみが、たくさん並んでいた。ぬいぐるみたちの後ろには幅一間の腰窓があり、グレー一色のカーテンが引かれている。あの地味なカーテンは秋絵の趣味ではなく、きっと両親が選んだものなのだろう。絨毯も、同じ色調だった。

「これか……」

部屋の隅に、小さな鏡が置かれているのを見つけた。プラスチック製のミニーマウスが両手で鏡を抱え、その後ろから顔を覗かせているというデザインだ。鏡のそばに、淡い水色の小箱が一つ置いてある。ボール紙に色紙を貼って、どうやら自分でつくったものらしい。そっと蓋《ふた》をあけてみた。毛抜き、剃刀《かみそり》、色つきのリップクリーム——ささやかな化粧道具が仕舞われている。高校生では、これくらいが精一杯だったのだろう。箱の中には写真も一枚入っていた。両親と、小学生らしい秋絵の笑顔が、三つ並んで写っている。どこかの公園で撮ったものらしく、三人の足元には緑の芝生が広がっていて、背後にゾウのかたちをした大きな滑り台が見えた。秋絵の小さな白い顔は、真っ直《す》ぐにカメラのほうを向いてはおらず、芝生をうろつく一羽の鳩《はと》のほうに気を取られているようだ。

——どうして、鳩を見てるんだ？——

——好きなの、鳩が——

頭を振り、俺は大きく息をついた。あまり感傷に浸っていると、東京へ戻るのがほんとうに嫌になってしまう。鞄《かばん》から必要なものを取り出し、俺は布団の上にごろりと横になった。

冬絵に電話でもしてみようか。

ふと、そう思った。

しかし、果たして彼女は電話に出てくれるだろうか。話ができるだろうか。話ができたとしても、何を言えばいいのだろう。殺人のあったあの夜、どこにいた？　四菱エージェンシーとはほんとうに手を切ったのか？　冬絵に訊《き》きたいことはいくらでもある。しかし、どうやって切り出せばいいのだ。切り出したところで、またはぐらかされてしまうのではないか。

《あんた、起きいや》

そのとき、階下にいる母親の声が聴こえてきた。

《いかん、寝てもうた》

《いっつもそうやん。お酒飲んでたと思たら、いつのまにかいびきかきはじめて。今日なんて、せっかくお客さんが来てくれてはるのに、悪いわ》

《俺も歳や、しゃあない。——ん、おり？　三梨さんは？》

《二階でとっくにお休みになっとるよ。熱いお茶、飲む？》

《うん。もらおか》
食器の鳴る音。湯を注ぐ音。
あくび混じりの大きな溜息が一つ。
《しかし、あいつの東京での暮らしのこと——あんまし、わからんかったな》
《そやねえ。向こうでの知り合いと話ができたのは初めてやったのに、残念やわ》
《まあ、ちゃんとした会社で事務員やっとったことだけは、わかったけどな》
《あれ聞いたときは、あたしもちょっと安心した。はい、お茶》
《おお、すまん》
胸に微《かす》かな痛みをおぼえた。二人は、秋絵がずっと事務員をやっていたという俺の嘘を信じきっているようだ。
《普通の会社で、普通に働いとったら、悪いことには巻き込まれへんやろからな》
父親が呟《つぶや》いた。しばしの間を置いて、母親がためらいがちに訊いた。
《ねえ、あんたは——やっぱしいまでも、あの子はただの自殺やないと思うとるん？》
《なんや、珍しいな。お前からそんな話するなんて》
《いつもは、わざと口に出さへんようにしとるから》

ふたたび、間。
母親がもう一度訊く。
《ねえ、どうなん？　あんたは、あの子が何かに巻き込まれたと思うとるん？》
父親の溜息。音を立てて茶を啜《すす》る。
《たまに、やけどな。そう思うことはある。ほれ、警察の人に教えてもろて、あいつの暮らしとったアパートの部屋に行ったやろ、中を片付けに。あのときの、あの違和感が、どうにも忘れられへんのや》
《服も洗面道具も、何もなかったもんね、あの部屋》
いま一度、俺は胸に痛みをおぼえた。両親がいま話しているこのミステリーの答えは至極単純だ。秋絵は俺と暮らすようになってからも、以前に住んでいたアパートを引き払うことはしなかった。荷物のほとんどを俺の事務所に運び込み、以前の部屋は、何日かに一度郵便物を覗きに行くだけの場所だった。物が置かれていなかったのは当然だ。
《郵便受けにも、公共料金の通知くらいしか入ってなかったしな。誰かからの手紙でもあれば、その人にあいつのこと訊けたのやろけど》
俺はいますぐに階段を下り、両親にすべてを話してしまいたい衝動にかられた。しかし、二人が交わしたつぎの会話が、その衝動を一瞬にしてどこかへ吹き飛ばした。
《ねえ、あの封筒は、手紙やったのとちがうかな。中身は入っとらんかったけど》
《ゴミ箱の中にあった、あれか？》
《そう。あの白い封筒》
《手紙のわけがないやろ。宛先《あてさき》も差出人も書かれてへんのに。それにほれ、封筒といっしょに、赤いビニールテープが丸めて捨ててあったやん。あれは、もともと封筒の口に貼ってあったものやろ？　人に手紙出すのに、何であんな派手なテープで封すんねん》
白い封筒。赤いビニールテープ。
そんなものがあったのか。秋絵が消えたとき、俺はあの部屋を何度か覗きに行ったが、ゴミ箱の中身など気にも留めていなかった。
《ゴミなんてどうでもええわ。あんなん、あいつの自殺には関係あれへん。俺が気になったのは——いまでも気になっとるのは——さっき言うた、がらんとした部屋と、それから、あいつの遺体の様子や》
《遺体の様子——服と、髪の毛のこと？》
服と髪の毛？　何の話だ？

《ああ。だって、そやろ。山の中で首を吊って死ぬのに、何でわざわざ運動着に着替えるのや。理由が思いつかへん。髪の毛かて、あいつの趣味と合わんやんか、あんなに短く切ってからに。それに、あれはどう見ても、ちゃんとした店で切ったもんやなかったやろ。まるで素人《しろうと》がやったように、毛先が不揃《ふぞろ》いやった》

秋絵の遺体が発見されたときの状況を、俺はそのとき初めて知った。

自分が最後に見た秋絵の姿を思い起こす。死体が見つかる一ヶ月ほど前の朝。俺が仕事で事務所を出たとき。これからまだ何度となくつづく別れのうちの一つだと思い込み、俺が秋絵に軽く手を振ったあのとき。ゆったりとしたロングのフレアスカートに、少し胸をあけてボタンを留めた、スカイブルーのワイシャツ。その細い腰のあたりまで、髪がさらさらと流れていた。茶色く染めた、奇麗な長い髪が。秋絵はその姿で出ていったはずだ。なくなっている洋服はなさそうだったし、もちろん切られた髪が落ちているようなこともなかった。

《それだけやない。荷物も、ポケットに財布を入れとっただけで、バッグも何も持っとらんかった。ええ大人が遠出するには、不自然や。そやろ？》

秋絵がいつも使っていたハンドバッグは、俺の事務所から消えていた。持って出ていったはずだ。

《それにほれ、あいつが着とった運動着——雨風にさらされはしとったけど、まだあちこちに折り目が薄っすらと残ってて、なんか、まるで死ぬ前に、新品をおろして着たみたいやったやろ》

しばしの沈黙の後、父親はゆっくりとした声音でつづけた。

《正直に言うとな。俺は、たまにこんなふうに考えてしまうのや。——誰かがあいつを殺したのやないか。ほんで、そのときあいつの服に、何か、犯人がわかってしまうような証拠が残ったのやないか。だから犯人はどこかの店で運動着を買《こ》うてきて、それをあいつの遺体に着せた。運動着なら、着せるのは簡単や。そのあとで、犯人はあいつの遺体を木から吊した。——髪の毛と荷物のこともそうや。あれは、証拠を消そうとしたのや。髪の毛に、犯人を示す証拠が残っとった。犯人の血ぃかなんか。だから犯人は髪の毛を切った。バッグの中にも、きっと犯人がわかってまうような物が入っとったのや。それを知っとったもんやから、犯人はバッグごと持ち去った。そや、俺はそう思う。ほんで、あいつのバッグの中に犯人がわかるような物が入っとったいうことは、犯人はあいつの知り合いや。それも、かなり親しくしとった人間で——》

しだいに早口になり、熱を帯びていく父親の言葉を、母親が静かに遮った。

《あんた、酔うとるよ》

父親は言葉を切り、そのまましばらく荒い呼吸を繰り返していたが、やがて大きく息をついた。

《そやな。お客さんが来とったもんやから、どうも、飲み過ぎてもうたらしい。こんな話しても、しゃあないわな》

《もとはといえば、あたしが変なこと訊いたのが悪かったのやわ。お仏壇の近くで、こんな話したらあかんかったな。——ごめんね》

最後の言葉は、少し大きく、別の方向に向けられていた。

ほどなくして、二人は寝仕度をしはじめた。ときおり、どちらかが洟《はな》をするのが聴こえてきた。やがて、ちーん、と仏壇の鉦《かね》が甲高く鳴った。耳を刺すようなその音がやむと、階下はすっかり静かになった。

俺は布団《ふとん》の上に大の字になり、じっと天井を睨《にら》みつけた。

山中で発見された秋絵の遺体。不自然な遺体。新品のように見える運動着。短く切られた髪。そして秋絵は、財布以外の持ち物を所持していなかったという。

部屋のゴミ箱に残されていた、白い封筒。赤いビニールテープ。

腕を伸ばし、俺は淡い水色の小箱を引き寄せた。中から写真を取り出し、顔の前にかざす。いまよりもだいぶ若い、両親の顔。その真ん中で鳩に目を向けている秋絵を、じっと見る。

20 禁じ手

翌朝。母親の用意してくれた心尽くしの朝食を平らげ、俺は二人に別れの挨拶《あいさつ》をした。二人は玄関まで送りに出てくれた。俺が靴を履いているあいだ、どちらも笑顔を絶やさず、俺との別れを心底から惜しんでくれているようだった。

引き戸に手をかけたとき、俺は大事なことを忘れていたのに気がついた。

「すみません、うっかりしてました」

慌《あわ》てて靴を脱ぎ、居間に引き返すと、俺は仏壇の前で静かに手を合わせた。

遺影の隣の招き猫と、目が合った。

『えぇぇ！　いま滋賀県なんですかぁ？』

電話の向こうで帆坂くんは声を裏返した。

『岐阜愛知静岡神奈川——直線距離でも三百キロ以上ですよぉ。電車なら四百五十キロはありますよぉ』

「ご名答。さすがだね」

『誉《ほ》められても——あ、それより、クライアントの刈田さんから何度も電話がかかってきてるんです。なんか、えらく怒った様子なんですよ』

「だろうな。なんたって無断欠勤してるんだから」

携帯電話の番号は、刈田には教えていなかった。クライアントの中には、調査の進《しん》捗《ちょく》を気にして、ひっきりなしに電話をかけてくる輩《やから》もいるので、教えないことにしているのだ。

「昼過ぎには事務所に戻れると思う。刈田さんには俺から電話しておくよ」

『あ、それからですね、税務署の人からまた言伝《ことづて》です。ええと——先日ご連絡した件で、早急にご来署されたし』

「放っておけばいい」

俺は通話を切った。電話機を仕舞う前に、谷口楽器のメモリーに発信する。

『三梨くん、きみ——』

電話に出た刈田は大きな声を出そうとしたようだが、オフィスの中だということを思い出したらしく、すぐに小声になった。

『いったい何をやっているんだ。今日は、きみに伝えたいことがあったってのに』

「すみません、ちょっと野暮用で。——伝えたいことというのは？」

『例の殺人事件の件だよ、黒井楽器の。ニュースを見たか？』

「いえ、まだ」

刈田は野太い溜息《ためいき》を聞かせてから、苛立《いらだ》たしげに言い募った。

『やはり警察は、すっかり勘違いしてしまっているらしいぞ。発表では、犯人はビルの周りをうろついていた怪しい男である可能性が高いと言っていた』

「ははあ——まあ、そうなるでしょうね。なにしろ被害者自身が、警備室に電話をかけてそのように伝えたんですから」

『この休み中、私もとっくりと考えてみたんだ。なあ三梨くん。ここはやはり、きみが警察に真実を告げるべきなんじゃないか？　もちろんビル内を盗聴していたことまで教えるのは上手《うま》くないから、たとえばほら、匿名《とくめい》で警察に電話をかけるとか、手紙を出すとか、そういったやり方もあるじゃないか。黒井楽器は、ウチのライバル企業とはいえ、同じ仕事をする者同士だ。言ってみれば仲間のようなものだよ。そこの社員を殺した犯人が、このまま逃げきってしまうというのは、私としては、どうにも忍びない』

「そうですね。仲間ですからね」

俺は刈田の言葉に、理由のはっきりしない苛立ちをおぼえた。意識する前に、口が勝手に喋《しゃべ》っていた。

「一つ言わせていただくと、私自身は黒井楽器の人間が殺されたことに対して特別何の感慨も持ってはいません。正直な気持ちとしては、嫌なものを聴いたもんだ、といった程度です」

俺の強い口調に驚いたのか、刈田は一瞬黙り込んだ。

『しかしだよ、三梨くん――』

「とにかく私はその件に関しては、これ以上関与するつもりはありません。あなたが何と言おうとです」

刈田は再び黙ったあと、いやにゆっくりとした、低い声で言った。

『きみ、どうやら忘れているようだけど……私はきみのクライアントだよ？』

脂《あぶら》ぎった顔を、すぐそばに近づけられたような不快感。腹の底に、思いつく限りの言葉で相手を罵倒《ばとう》したい衝動が、ふつふつと沸き起こった。しかし俺はそれを咽喉《のど》もとでなんとか押しとどめ、言葉を返した。

「後ほどまたご連絡します」

相手はまだ何か言おうとしていたが、俺は一方的に通話を切った。

頭の中で、様々なものがぐるぐると渦を巻いていた。秋絵の自殺。白い封筒。赤いビニールテープ。そして、黒井楽器の殺人。冬絵の挙動。自分が聴いてしまったもの。秋絵の件については、いまさらどうしようもない。もう七年も前のことなのだ。冬絵の件についてては、現在進行中で、しかも相当にやっかいな問題である可能性もある。なにしろスタッフとして選んだ相手が、人殺しかもしれないのだ。しかもその殺しの瞬間を、俺はこの耳で聴いてしまったのだ。

「禁じ手を使えば、問題は解決するのかもしれないが……」

俺はその手段を、頭に思い浮かべた。いまのところ、その手を使うつもりはない。しかし、大きな魅力を感じていることは否《いな》めない。

――仲間のようなものだよ――

刈田の言葉を耳にしたとき、自分がふと苛立ちをおぼえた理由に、俺はようやく思い至った。刈田は俺という人間を使って、彼の言う「仲間」のビル内を盗み聴きさせている。大笑いだ。噴飯ものの矛盾だ。しかし。

それとまったく同じ行為に、俺はいま誘惑されているのだった。

ＪＲの新宿駅を出た俺の足は、真っ直《す》ぐに冬絵のマンションへと向かっていた。

スーツを着たサラリーマンたちのあいだを、とぼとぼと歩く。ビルとビルの隙間《すきま》に、十階建て高級マンションの瀟洒《しょうしゃ》な構えが見えたところで、俺はぴたりと立ち止まった。携帯電話を取り出し、冬絵の携帯番号にかけてみる。しかし呼び出し音が鳴るばかりで、いつまで待っても応答はなかった。マンションの部屋へダイアルしてみる。すると、プー、プー、という通話音が返ってきた。

「話し中か……」

まさに、最悪のタイミングだった。冬絵は部屋で電話をしている。誰かと話している。

俺の心は、自分で期待していたほど強くはなかった。情けないことに、俺はいともたやすく誘惑に負けてしまったのだった。

気づけば俺は通行人のあいだをすり抜けて、足早に冬絵の住むマンションへと近づいていた。白い壁のそばで立ち止まり、周囲を見回す。近くに人影は見えなかった。俺は眼をつぶり、冬絵の声を求めてじっと耳を澄ました。神経を集中させる。冬絵の声。冬絵の声。

《ええ、わかってる》

町の騒音に混じって聴こえてくる、冬絵の声。

《それはわかってるわ。でも……え？　ちょっとやめてよ》

誰と話している？　何を言われている？

《いいから、とにかく社長にかわって》

社長？　俺は思わず顎《あご》に力を入れ、歯を食いしばった。知りたいという気持ち。聴きたくないという思い。冬絵への罪悪感。どこの社長だ？　何がわかってるんだ？

ふたたび冬絵の声が耳に届いた。

《社長――タバタです。お疲れさまです》

その瞬間、俺の頭の中は真っ白になった。視界に映る町の景色が薄らぎ、これまで経験したことのない感覚が俺を襲った。ずぶ濡《ぬ》れになった冷たい鼠《ねずみ》が、胃の底からひたひたと食道を這《は》い上がって、咽喉もとに顔を出そうとしているような。

「――どうかしましたか？」

後ろから肩を叩《たた》かれた。振り返ると、制服を着た若い警官が、靴の汚れでも見るような目を俺に向けていた。

「おたく、ここの住人の方？」

「いえ」

「何してるんです？」

「ちょっと頭痛がしたもんで」

「頭痛ですか」

「頭痛です」

俺はその場を離れ、マンションに背を向けて歩き出した。少ししてから背後を確認すると、警官はまだこちらを見ていた。俺はそのまま足を動かしつづけた。じっとしていると、身体《からだ》の力が抜けて冷たいアスファルトに座り込んでしまいそうだった。冬絵の声は、もう聴こえなかった。

21　どうして答えない

谷口楽器のオフィスに入るなり、俺は真っ直ぐに刈田のデスクへと向かった。

「社長に、契約の解除を伝えてください」

刈田は面食らった様子で、ブルドッグのような両眼をひん剝《む》いた。ちらりと周囲に視線を走らせてから、目顔で俺をオフィスの外へと誘う。俺はそれに従った。エレベーターに乗り込み、俺たちは屋上へ上がった。そこに誰もいないのを確かめてから、刈田は戸惑いがちに切り出す。

「——例の事件のせいか？」

「ええ。よく考えてはみたのですが、やはりいま下手なことをすれば、警察に目をつけられてしまう可能性があります。そうなれば、どうしたって今後の探偵としての仕事に差し障《さわ》りが出てきてしまいます」

俺は刈田に頭を下げた。

「依頼された仕事を途中で投げてしまうのは、もちろん本意ではありませんが、背に腹はかえられません。契約を解除させていただく旨《むね》、社長にお伝えください」

「今朝の電話のときとは、えらい態度の違いだな」

刈田はいやらしい目つきをした。

「きみは、クライアントである私を『あなた』呼ばわりして、ずいぶんと偉そうなことを言っていたが……？」

「申し訳ありませんでした。あれは——」

俺はさらに深く頭を下げた。

「言葉の綾《あや》です」

刈田は「ま、いいさ」と襟に顎を埋め、首を縦に揺らした。

「わかった。社長には私から伝えておこう」

ほっとした。

「お手数をおかけします」

「言うまでもないが、成功報酬のほうは――」

「もちろん、ゼロで結構です」

刈田はしばらくのあいだ、俺の顔をじっと見つめて顎を撫《な》でていたが、やがて探るように訊《き》いてきた。

「しかし、例の件はどうするんだ？　あの夜のことを、警察に伝える決心はついたのか？」

俺はすぐさま首を横に振った。

「このまま、黙っているつもりです」

刈田は眉根《まゆね》を寄せて難しい顔をした。

「すると、私が直接警察に連絡するしかないというわけか。匿名の手紙なり電話なりで。もちろんきみの名前は出さずに――」

「いえ、それもおやめになったほうがよろしいかと」

「どうして？」

「君子は危うきに近寄らず――無駄な仲間意識は捨てるべきです。下手なことして、もし匿名の手紙の差出人や電話の発信者が刈田さんだとわかってしまったら、どんな疑いをかけられるかわかったもんじゃありません。会社の信用にも関わってくるのではないでしょうか」

俺は意識して深刻な声音を使った。あの夜のことについては、俺自身の手で真実を突き止めるつもりだったのだ。警察が気づく前に、俺自身の手で。

刈田は腕を組み、顎を引いたまま、しばらく思案していた。

「まあたしかに――そうかもしれんな」

やがて彼は、ふんと鼻を鳴らしてうなずいた。

「わかった、警察への連絡はやめておこう。依頼の件については、もし社長のほうに何か異存があれば、私からまたきみに連絡する」

「ご面倒をおかけします」

俺はまた頭を下げた。刈田はまったく板についていない仕草で、外人のように肩をすくめてみせると、階段口のほうへと戻っていった。その背中を見送りながら、俺は胸を撫で下ろした。あの殺人事件に冬絵が関係しているらしいことは、これで当面警察に知られずに済みそうだ。俺が聴いたあの一部始終を、刈田は警察に話さないと決めてくれた。もちろん俺が警察に話すはずもない。

もっとも、あまりぐずぐずしていると、捜査が進展し、警察の手が冬絵に届いてしまう可能性もある。できるだけ、急がなければならない。

「じゃあ、完全に断っちゃったのね」

翌日事務所にやってきた冬絵は、俺の説明を聞くと、平坦《へいたん》な声を洩《も》らした。

「この前は、きみの意見を聞くなんて言ったけど——きみがほら、なんだかはっきりしないもんだからね」

「もともと三梨さんが受けた依頼だもの。私がとやかく言える問題じゃないわ」

どこか意識的に平静を装《よそお》っているようなところがあった。じっと彼女の顔色を窺《うかが》ってみたが、表情は大きなサングラスの後ろに隠されていて、読むことはできない。どうして今日にかぎってサングラスを外さないのか。

「なあ、冬絵。きみは以前、四菱エージェンシーで働いていたとき、偽名を使っていたと言ったね」

俺は胸の奥に仕舞っていた質問を吐き出した。

「その偽名ってのは、何だったんだ?」

質問の答えはわかりきっていた。彼女はしばらく黙っていたあと、挑むように顔を上げた。

「——田端冬美《ふゆみ》よ」

俺は思わず天井を仰いで眼を閉じた。

——ああ、タバタくんか。え？　何だ、下の公衆電話からかけているのか——

あの夜、黒井楽器の村井を訪ねた人物。

——申し訳ございません、タバタはいまちょっと特別な部署にいるもので、一般の方からのご依頼はお受けできないんですよ——

四菱エージェンシーの特別な部署にいるという女。

「思い出したくもない名前だわ。私はその名前で、お金のために、悪いことをたくさんした。四菱エージェンシーのやり方は、あなたもよく知っているわよね。あそこは探偵社なんかじゃない。強請《ゆす》りの専門業者みたいなものよ」

「いまは——どうなんだ？」

恐る恐る訊いた。冬絵はゆっくりと首を横に振った。否定なのか肯定なのか、はっきりしない仕草だった。

「いまはもう、そんなことはしていないんだろう？」

俺はもう一度訊いた。しかし、やはり冬絵は同じ仕草を繰り返すだけだった。

胸の奥が、ひどくざわついた。直截《ちょくせつ》な問いかけができないのがもどかしかった。ほんとうに四菱エージェンシーと手を切ったのかと問い質《ただ》すことは簡単だ。しかしそんな質問をしたところで何の意味もない。真実がどうであるとしても、冬絵は否定以外の答えを返してくれないのだろうから。

「もう一つだけ、教えてくれ。あの夜――黒井楽器で殺人事件のあった夜、きみは――」

冬絵の白い頬が、ひくりと強張《こわば》るのがわかった。

「きみは、ほんとうはどこにいた？」

「どうしてそんなこと訊くの？」

「深い意味はない」

俺は重ねて訊いた。

「きみはあの夜、自分のマンションにいたのか？」

「ずっと部屋にいたわ。引越しの片付けをしてたって言ったじゃない」

「ああ、そうだったな……」

ひと呼吸置いてから、俺は質問した。

「何を食べた？」

「え？」

「夕食には、何を食べたんだ？」

「近くのコンビニで買ってきたものよ」

「カップラーメンだろ」

「そうね」

俺が言葉を返す前に、冬絵は「いえ」と首を振った。

「違うわ。この前、帆坂さんと料理の話をしたときに言ったでしょ。台所の片付けが済んでないから、お湯も沸かせない状態だって」

「ああ、そうか。お湯が沸かせないんじゃ、カップラーメンもつくれないな」

「――私を試したの？」

「そんなつもりはない」

「何が訊きたいのよ？」

冬絵の声がヒステリックに震えた。俺は彼女に笑いかけた。

「じつはあの夜――ちょっとした連絡事項があってね、きみの部屋に電話をしたんだ。しばらくコールしてみたけど、きみは出なかった。五分くらい経《た》ってからもう一度かけてみると、まだ帰っていないようだった。それで、気になったんだ。それだけだよ」

「きっと、ちょうどコンビニに行っているときだったのね。夕食を買いに」

「そうか。じゃあ、もう五分くらいしてから、またかければよかった」

「タイミングが悪かったわね」

「まったくだ。ああ、待てよ——そうだ、俺は電話をもう一度だけかけたんだった。十分くらいしてから」

「あの夜はたしか、買い物から帰って、すぐにシャワーを浴びたわ。お湯の音で、ベルが聞こえなかったのよ」

「きみはいつも、お湯を一時間も流しっぱなしにするのか？」

「え？」

「俺は一時間、ずっとコールしていた」

冬絵は俺に顔を向け、薄い唇を結んだ。二度ほど、何かを言おうとして口をひらきかけたが、言葉は出てこなかった。やがて彼女は顔を下に向け、大きく息を吐いた。

「——作戦勝ちみたいね」

俺がほんとうは電話などしていないことに、気がついたのだろう。

再度、俺は質問をした。

「冬絵――きみはあの夜、ほんとうはどこにいたんだ？　どうして隠す？」

冬絵は大きく一度呼吸をしてから答えた。

「言いたくない」

「どうして？」

「言えないの」

「なら、別の質問に答えてくれ」

「どんな質問よ」

「きみは人を殺したのか？」

俺は相手の反論を待った。冬絵が怒り出し、否定することを期待した。しかし。

「――どうして答えないんだ？」

冬絵は下を向き、唇を硬く結んでいた。

「やっていないと言えばいいじゃないか。そんなことをした憶《おぼ》えがないのなら、そう言えばいいじゃないか」

唐突に、冬絵が顔を上げた。

「殺したわ」

俺は思わず息を呑《の》んだ。

冬絵の言葉のつづきを、俺はじっと待った。覚悟を決めて、彼女の告白を待った。そして、しばしの沈黙の後、彼女は自分の犯した罪を告白した。しかしその内容は、俺の予想していたものとはまったく違っていた。彼女の口からは黒井楽器の「く」の字も出ず、そのかわりに——。

「昔、若い女の人を殺したことがある」

彼女はそう言ったのだ。

「若い、女……？」

「私がやったのは、いつもの手だった。七、八年前のことよ。あるテレビ番組プロデューサーの妻に依頼されて、私は彼女の夫の浮気調査をしてた。ターゲットの夫を尾行しているうちに私は、彼が若い愛人と身体《からだ》をくっつけ合ってホテルのゲートを出てくる場面に出くわした。もちろんしっかりと写真に収めたわ。愛人の顔は、長い髪で隠れてはっきりとは写っていなかったけど、夫の顔は鮮明に撮影されてた。私はその証拠写真をクライアントである妻には渡さなかった。かわりに、夫のほうに取引を持ちかけたのよ。封筒に入れた写真を突きつけて、五十万でネガを買い取るよう要求した。夫は取引に応じて、私に現金を支払った。死んだのは——」

冬絵はあえぐように息を吸い込んだ。

「その夫の、愛人だった」

俺はただ呆然《ぼうぜん》と冬絵の顔を見つめていた。

「夫は、私の指示した取引場所に現れると、私に現金の入った封筒を渡して、すぐに立ち去った。人形みたいな、硝子《ガラス》を嵌《は》め込んだみたいな、虚《うつ》ろな眼をしていた。私は封筒をひらいた。中には五十枚の一万円札といっしょに、二つ折りの手紙が入れられてた。一字一句憶えてるわ。そこには鉛筆書きの大きな字で、こう書いてあったのよ

——『僕といっしょに写っていた人は、死にました。僕はあなたが撮影した写真のことをあの人に打ち明けました。もう会うことはできないと告げました。あの人は首を吊《つ》って死にました。僕と旅行に出かけた山の中で死にました。あなたを憎んで死にました』」

がくがくと、冬絵の顎《あご》が小刻みに震えていた。俺にはそんな冬絵の顔が、まるで単純な構造の玩具のように見えた。誰かが後ろから手を入れて、やたらと動かしているような。

「きみは——」

「もうあなたには会えないわね。こんなことを話してしまったんだから、会いたくなんてないでしょ」

冬絵は立ち上がり、唇を震わせて俺を見下ろした。

「最後に、善良な三梨さんにいいことを教えてあげるわ。犯してしまった罪を忘れる方法には二つあるのよ。一つは自分のすべてを投げ打って贖罪《しょくざい》すること。もう一つは、もっとたくさんの罪を犯して、それを覆《おお》い隠してしまうこと。そして、前者を選べるのは強い人間だけなの。私は――」

そこまで言って、冬絵は言葉を詰まらせた。そのまま身体を反転させ、部屋を出ていこうとする。俺は素早く立ち上がり、その腕を捕えた。

「もういいでしょ。私の顔なんて――」

「名前は？」

「え？」

「自殺した愛人の名前は？」

「もう忘れたわ。四菱エージェンシーのデータでも調べればいいじゃない」

「正確にはいつのことだ？　その出来事が起きたのは」

「だから七、八年前の冬よ。はっきりとは憶えてないわ」

「首を吊ったのはどこの山だ？」

「知らないわよ！」

冬絵は俺の手を振りほどこうとするが、俺はそれを許さなかった。

「お前は証拠写真をどんな封筒に入れた？」

冬絵はすっと息を吸い込み、荒々しい口調で言い放った。

「白い無地の封筒よ。四菱エージェンシーの人間はみんなそれを使うわ。真っ白な封筒に証拠写真や脅迫状を入れて、真っ赤なビニールテープで封をするのよ。相手に強く印象づけるためにね。どう、ここまで教えれば満足でしょ？」

冬絵は大きく腕を振り回した。俺はバランスを失い、どすんと尻餅《しりもち》をついた。足に力が入らない。立ち上がることができない。冬絵は俺を見下ろしていた。サングラスの奥から、頰に大粒の涙が流れた。

冬絵は部屋を出ていった。

22 お別れ会

白い封筒。自殺。赤いビニールテープ。秋絵の部屋のゴミ箱。

白い封筒。殺人。俺が聴いた一部始終。冬絵のあの夜の行動。

『地下の耳』の片隅で、俺はウィスキーのグラスを睨《にら》みつけていた。同じ言葉ばかりが、頭に浮かんでは消える。何度も何度も。

――とにかく社長にかわって――

――タバタです。お疲れさまです――

――死んだのは、その夫の、愛人だった――

――僕と旅行に出かけた山の中で死にました――

「問題は、この前の女性のことですか？」

顔を上げる。くたびれた黄土色のジャケットに、くたびれた黄土色の顔を乗せたマスターが、カウンターの向こう側でのろのろと知恵の輪をいじくっていた。

「どうして、そう思うんだ？」

「三梨さん、自分のことや世間のことじゃ、そんなに悩まないでしょ。だから、誰か近しい人の問題かと思いましてね。この前の女性と言ったのは、当てずっぽうです」

マスターは知恵の輪に取り組んだまま、眉《まゆ》を上げてみせる。

「野原の兄さんや、まき子姉さん――ローズ・フラットの人たち以外、三梨さんの知り合いは彼女しか見たことがありませんから」

二人も、ここの常連だった。俺にこの店を紹介してくれたのも野原の爺《じい》さんだ。

「あんたの当てずっぽうは、いつも当たるんだよな」

「人の顔色を読むのも、商売のうちです」

「だったらもっと客が入りそうなもんだ」

「商売の道を究めると、客足のコントロールまでできるようになるんですよ。滅多に客が来ない上に、たまに来たと思えば奇妙な人たちばかり。これまさに、コントロールの賜物《たまもの》です。――ほいっと」

マスターの指先で、するりと知恵の輪が外れた。俺はウィスキーを咽喉《のど》に流し込み、空のグラスをカウンター越しに突き出した。マスターはそこへ新しい酒を注ぎながら呟《つぶや》く。

「やめておいたほうが、いいと思いますけどね」

「このくらいじゃ酔わねえよ」

「あの女性のことです」

マスターのしょぼついた瞼《まぶた》の奥で、二つの眼が珍しく真剣な色を帯びていた。

「あの人は、悪い人間です。私にはわかります」

マスターがこんなにはっきりとした物言いをするのを、俺は初めて聞いた。

「それも、当てずっぽうか？」

「そうです。そして、やはり商売の一環です。もし三梨さんの身に何かあれば、常連さんが一人減ってしまいますからね」

「彼女のせいで、俺の身に何か起きるってのか?」

ウィスキーの瓶を棚に戻しながら、マスターは誰もが知っている世間の事実を口にするように言った。

「あの人は、私欲のために三梨さんを利用している」

白い封筒。自殺。赤いビニールテープ。秋絵の部屋のゴミ箱。白い封筒。殺人。俺が聴いた一部始終。冬絵のあの夜の行動。

「それならそれで、俺をどう利用しているのか、暴《あば》いてやるさ」

俺はグラスの中身を一気にあおった。マスターは無言で同じ酒をそこへ注いだ。それから珍しく自分のグラスを取り出すと、腕を組んで、酒瓶の並んだ棚を見上げた。

「なら、お別れ会ですな」

23　深海魚の話

マスターが棚の奥から出してきたのは、ロイヤル・サルートの、なんと三十年ものだった。超がつく高級ウィスキーだ。

「払えねえぞ」

「おごりです」

グラスに注がれた、驚くほど透き通った琥珀色《こはくいろ》の液体を、ちょっと舐《な》めてみる。高級だな、という味が舌と鼻に広がった。

「ん――何だそれ？」

ふと、棚の奥に目がいく。ロイヤル・サルートの瓶が置いてあったその後ろに、子供の掌《てのひら》ほどの大きさの人形が、いくつか並んでいるのが見えたからだ。

「ああ、これですか。三梨さんのお友達ですよ」

マスターはそこへ手を突っ込むと、人形を取り出してカウンターに並べた。ゴム製のフィギュアで、彩色はされていないが、なかなか精巧にできている。子供の頃に流《は》行《や》った「超人」たちの消しゴムが大きくなったような感じだった。ぜんぶで四体。そのうちの三体は、一見して素性が知れた。

「これ、野原の爺さんと、まき子婆《ばあ》さんと――トウヘイじゃねえか」

「昔、まだ三梨さんがローズ・フラットにやってくるずっと前――野原の兄さんが、店にプレゼントしてくれたんです」

「あの爺さんがつくったのか、これ？」

俺が驚いてフィギュアを見直すと、マスターは「まさか」と笑って説明してくれた。

「そういった、ゴムのフィギュアを制作するメーカーの社長に、野原の兄さんが仕事を依頼されたらしいんです。ライバルメーカーが会社の特許技術を盗用している疑いがあるので、その証拠を見つけて欲しい、という依頼内容でした」

なんだか、どこかで聞いたような話だ。

「特許法違反として、出るべきところに出る前に、探偵を使って証拠を掴《つか》みたいというんですね。ほら、こういった製品ってのは、機械ものに比べると製作過程で使われた技術がわかりにくいから、疑いが勘違いだという可能性もあるでしょう。――ところが、その調査も大詰めを迎えたときに、クライアントの社長宅が火事を出した。社長本人をはじめ、役員だった奥さんや息子たちも全員死亡。そこは親族企業だったので、従業員たちによる会社の立て直しは難しく、けっきょくは倒産を余儀なくされた」

「じゃあ、野原の爺さんの仕事もフイになったわけか。そうなると調査料も――」

ああ、そういうことか。

「もしかしてこの人形たち……野原の爺さんに、調査料のかわりとして？」

マスターはうなずいた。

「そういうことです。事情を知った工場の職人さんたちが、せめてものお詫《わ》びにと、つくってくれたそうですよ」

クライアントである社長が死んで、ただ働きとなってしまった探偵に、同情してくれたわけだ。たまにはこんな報酬もいいかもしれないなと俺は思った。毎回これでは生活できないが。

「マスター——その話、野原の爺さんから直接聞いたのか？」

「そうですよ」

「あの爺さん、探偵のくせに、昔っからお喋《しゃべ》りだったんだな」

俺は思わず苦笑した。いくらクライアントが焼け死んでしまったとはいえ、仕事の内容を行きつけのバーのマスターにぺらぺら話すというのは、いかにもあの爺さんらしい。

「しかし、何でまた野原の爺さんは、まき子婆さんやトウヘイの人形までつくらせたんだ？」

マスターは「さあ」と眉を八の字にしてロイヤル・サルートを舐めた。

「私にはわかりません。——でもとにかく、それをもらったとき、野原の兄さん、出来ばえにえらく感動してましたよ。それで、汚い事務所に置いておくのは申し訳ないってことで、この店に飾ることにしたんです」

「飾る？　いま、酒瓶の後ろに隠してあったじゃねえか」

「あるとき、そうするように頼まれたんですよ。野原の兄さんにね。昔を思い出すのが、嫌になったのかもしれません」

言ってから、マスターはカウンターの向こう側から首を伸ばしてきた。

「ほら、みんなそっくりでしょう？　目鼻立ちといい、表情といい」

「よくわからねえよ……俺には」

俺は虚《むな》しく首を横に振った。

「ああ、そうですよね……わかりませんよね」

マスターはのろのろとうなずいた。

顔を近づけ、俺はゴム人形たちを仔細《しさい》に眺めてみる。

野原の爺さんはカウンターの上で仁王立ちになり、煙草《たばこ》を、ちょっと欧米人風の高い鼻に並べるように、上向きに咥《くわ》えている。ゴム人形をつくる職人の前で、実際にこんなポーズを取ってみせたのかどうかはわからないが、やたらと気取った仕草だった。

まき子婆さんはその右隣で、両足を心持ちひらき気味にして立ち、偉そうに腕を組んで正面を睨《にら》まえている。なかなかの鋭い眼つきだ。トウヘイは両手をコートのポケットに突っ込んで、野原の爺さんの左隣に立っていた。その顔立ちには知性の光が見られ、引き締まった口許《くちもと》はどこかアイロニックな笑みを浮かべている。

「――マスター、これは誰だ？」

三人の後ろに置かれた、やけに図体《ずうたい》のでかい男を指さして訊《き》いてみた。見たことのない人物だ。

「昔の、ローズ・フラットの住人ですよ」

「へえ、こんな奴《やつ》がいたんだな」

野原の爺さんやまき子婆さんから、こんな男の話を聞いたことはなかった。

「その一体、よかったら差し上げます」

「いらねえよ」

「もらってください。捨ててしまっても構いません」

マスターの表情は暗く――もっともいつも暗いが――目つきが、どこか澱《よど》んでいた。

俺は敢《あ》えて何も訊かず、ゴム人形に視線を落とす。そのとき、さして根拠はなかったが俺は、もしやこの男は死んだのかな、と思った。

「じゃ、もらっとくわ。あとで捨てるかもしれねえけどな」

俺は縁起の悪そうな男を指先でつまみ、スツールの背に掛けてあったコートの胸ポケットに突っ込んだ。気のせいか、マスターの顔に微《かす》かな安堵《あんど》の色がよぎったように思えた。もしやこれは、呪《のろ》いの人形ってやつなのかもしれない。そんな考えが、ちらりと頭の隅をかすめる。

それから数時間、俺はマスターとひたすらグラスを重ねた。

深海魚の話をしたのを憶《おぼ》えている。

「なあ、マスター。あくどいことをする人間ってのはさ、罪の意識を感じないものなのかな。平気で、つぎからつぎへと、悪事をはたらいたり、人を裏切ったり、できるものなのかな」

「さあ、私にはわかりません……」

マスターはカウンターの向こう側で、自分のグラスにしょぼついた目を落とした。

「そういった人たちは大抵、深海魚みたいなものですから」

「どういう意味だ？」

「三梨さんは――テレビやなんかで深海魚の泳いでいるところを見て、不思議に思ったことはありませんか？　何百メートル、ときには何千メートルもの深海にいるのに、あいつら、つぶれないんですよ」

そう言われると不思議な気がした。

「たとえば海の上のほうを泳いでいる魚を、あんな深さまでつれていったら、一瞬でぺしゃんこになって死んでしまうでしょう。私らだってつぶれてしまいます。でも、奴らは平気だ。——どうしてだと思います?」

ちょっと考えてみたが、答えは浮かんでこなかった。

「あいつらは、そこで生れたからなんですよ。もともと深海で生れたもんだから、身体《からだ》がそういう環境に適したつくりになっている。いくら周りから水圧を受けたって、自分自身の身体が同じ圧力を持っているから、つぶれないんです。屁《へ》でもないんです。何の違和感もおぼえずに生きているんです」

「——あくどい人間も、同じだってのか?」

マスターはしばらく黙ったあと、呟いた。

「当てずっぽうですがね」

乾《ほ》し豆腐のような土気色の手が、カウンターの上をのろのろと動いていた。皺《しわ》の寄った指の先は、そこに落ちた水滴を意味もなくいじくっている。俺は顔を上に向け、口の中に放り込むようにして、グラスの中身を飲み干した。

「逆の理由で、深海魚を飼うこともできません」

熱くなっていく頭の中に、マスターの声が細々と届いていた。

それからあとは、よく憶えていない。

24 僕は見ていました

「お早うございますぅ」

帆坂くんがドアの向こうから細長い顔を覗《のぞ》かせた。ソファーの上で身を起こすと、頭の中で大きく銅鑼《どら》が鳴った。

「ねえ三梨さん、スポーツ新聞買ってきたんですけど読みます？　お仕事に関係あるかと思ったもんで僕――」

「悪いけど話しかけないでくれ」

俺が額を摑んで片手を振ると、帆坂くんは丸い眼鏡の位置を直しながら、ドアの向こうにしょんぼりと首を引っ込めた。

寝臭い部屋の中で胡坐《あぐら》をかき、大きく息を吐き出す。

高級酒でも二日酔いになるとは、一つ勉強になった。

受付のほうで、がさごそと、鞄《かばん》から何かを取り出す音がした。それから大きな紙を捲《めく》る音が聞こえてきて――「へええ」「え！」「うわ」――か細い声が、やけに感嘆詞を連発する。しばらく経《た》つと静かになった。が、すぐにまた聞こえてきた――「へええ」「え！」「うわ」

「わざとやってやがる……」

溜息《ためいき》とともに立ち上がり、俺はドアの向こうに首を突き出した。帆坂くんはカウンターデスクの上に色刷りのスポーツ新聞をひらいていた。

「珍しいな、帆坂くんがそんなもの読むなんて」

もやしのような顔が嬉《うれ》しそうに振り向いた。

「そうなんですよ、珍しいんですよ。東京都の道路地図の改訂版が出たもんで、来るとき本屋に寄ってきたんです。この時間、あいてるところが一軒だけありまして。そしたらたまたま、三梨さんのお仕事に関係のありそうな見出しが目について、お役に立てるかと思ったんです」

「ああ、さっきそんなこと言ってたな……」

俺は紙面に目を落とした。

「どれ、どの記事だよ」

「これ、この記事です」

帆坂くんの細い指先にある見出しを目にした瞬間、俺の酔いは吹っ飛んだ。

「やられた……」

仕事に関係があるどころの話じゃない。

『中野区の会社員殺人事件。犯人は若い女?』

それは、あの事件の記事だった。俺はカウンターデスクに覆《おお》い被《かぶ》さるようにして、急いで紙面の文字を追う。

記事によると、昨日、中野警察署と主要な新聞社数社に対し、匿名《とくめい》の手紙が一斉に送りつけられたらしい。手紙はプリンターで打ち出されたもので、『黒井楽器の殺人事件の犯人は○○という若い女です。僕は見ていました』という内容のものだった。記事の脇《わき》に、『○○の部分は弊社の判断で伏字とさせていただきました』とのコメントが添えられている。すると原文ではそこに「タバタ」の三文字がはっきりと書かれていたわけか。

「刈田だ……」

そうとしか考えられなかった。あいつが自分でちまちまと手紙を作成してばらまいたのに違いない。おととい、警察に連絡するつもりはないと俺に言っていたが、あとで気が変わったのだろう。

「くそ——忠告したのに」

どうやら彼は、風貌《ふうぼう》に似合わず正直の上に馬鹿《ばか》がつく男だったらしい。こんなことをして、もし手紙の差し出し人が判明してしまったらどうなると思っているのだ。警察が刈田のもとへやってきて、「あんた、どうして知っていたんだね？」ということになる。そうなれば、俺を雇って黒井楽器ビルを盗み聴きさせていたことが露呈してしまう。企業のイメージは地に落ちる。そして、俺もまた、まずいことになる。

「いや、そんなことはどうでもいい……」

いちばんの問題は冬絵だ。警察がこの手紙の内容を信用したとしたら、捜査の手は『タバタという若い女』に向かって伸びていくことになる。その手が冬絵に届くのは時間の問題だろう。

俺の中で、様々な思いが入り乱れ、交錯した。どうする。冬絵を助けるか。彼女の力になってやるか。どうして俺がそんなことをしなければならない。彼女は七年前、秋絵を——。

「ああ、ちくしょう！」

俺はカウンターデスクの上から受話器を取り上げ、冬絵の携帯番号に発信した。電波が届かないか、電源が切られているとのメッセージが返ってきた。すぐさまマンションの部屋にかけ直す。呼び出し音が一回、二回、三回——いくら待っても応答はない。

「帆坂くん、冬絵から連絡があったらすぐ俺の携帯にかけてくれ！」

結論の出ないまま、俺は事務所を飛び出してミニクーパーに乗り込んだ。

25　叫びは急速に遠のいて

どこへ向かえばいい——せわしく車線変更を繰り返しながら、俺は靖国《やすくに》通りから青梅《おうめ》街道に車を走らせた。冬絵の携帯電話は相変わらず通じない。マンションにも戻っていないようで、やはり応答はない。頭の中で銅鑼が鳴る。苛立《いらだ》ちと不安が咽喉《のど》もとにせり上がる。

「とりあえず、現場百遍だ」

言葉の使いどころはともかく、俺はハンドルを黒井楽器の方向へ切った。路地へ入り、ビルのほうへ角を曲がろうとすると、その先に警察車両が停まっていることに気がついた。周囲に数人の制服警官が立っている。

「検問か……」

俺は慌《あわ》てて進行方向を修正し、角を曲がらずそのまま直進してビルから遠ざかった。幸い警官たちには気づかれなかったようだ。あの検問は、おそらく例の事件の目撃情報を集めるためのものだろう。べつに何を訊かれても適当に答えてしまえば問題はないのだが、いかんせんいまの俺は酒臭過ぎる。ウィンドウを下ろした瞬間、警官の顔色が変わるに違いない。

少し進んだところで、俺は路地の脇に車を停めた。ドアを出て黒井楽器のほうを振り返る。ちょうど道の先から、分厚いコートを着込んだ恰幅《かっぷく》のいい男が歩いてくるのが見えた。知った顔だが、どこの誰だったか、すぐには思い出せない。

「おお、きみか」

相手は俺を見つけると、大きな顔を鷹揚《おうよう》に揺らして近づいてきた。そのときになって、ようやく俺は相手の素性を思い出した。一度しか会っていないとはいえ、自分に仕事を依頼してくれた人物の顔を忘れるとは我ながら情けない。

「谷口社長、お久しぶりです」

俺はクライアント——おとといまでのクライアントである谷口勲に会釈《えしゃく》した。谷口は顎《あご》を引いてうなずき返す。

「三梨くん、刈田から聞いたよ。うちの仕事を放り投げたそうじゃないか」

台詞《せりふ》は辛辣《しんらつ》だが、表情は緩んでいた。何が嬉しいのか、肉の厚い両頬がほくほくと持ち上がっている。

「ご迷惑をおかけして、申し訳ありません。刈田さんにご説明したように、なにしろターゲットの社内で殺人などという――」

「構わん構わん」

谷口は大仰に片手を振って俺の言葉を遮った。

「どうせあの会社は、もうお終《しま》いだ。デザインの盗用なんて、どうでもいい。じつを言うとね、あの事件が起きたとき、私のほうでも、きみとの契約を解除しようかと考えていたんだよ。ただほら、きみに約束した支払いのことなんかもあったろう？　だから、迷っていたんだ」

「そうなんですか」

「うん。だってきみ、危ないじゃないか。警察が動いている最中に下手なことをして、こっちにまで火の粉が飛んできたら目もあてられない」

刈田より少しは頭が回るらしい。

「いずれにしても、黒井楽器はもう終わりだ。経緯は知らんが、社内であんなことが起きてしまった以上、いっぺんで信用は失われる。株はガタ落ち、商社は敬遠、小売店は商品を奥へ仕舞い込む――同じ業界の仲間として、同情しないことはないがね。ビジネスなんて、そんなもんさ。きみが提出してくれたこれまでの報告書も、もう利用するつもりはない。せっかく頑張ってやってくれたのに、残念だよ」

全然残念とは思っていない顔つきだった。

「いまもあのビルまで行って、ちょっと捜査を見物してきたんだ。やあ、やっぱり殺人事件の捜査ってのは物々しいもんだな。警察の連中、交通違反を取り締まるときとは眼の色が違う。まったく大したもんだ」

喋《しゃべ》るだけ喋ると、谷口は「じゃ」と分厚い掌《て》を立て、自分の会社のほうへ悠々と歩いていった。俺はなんだか虚《むな》しい気持ちで、その後ろ姿を見送った。

さて、これからどうする。

黒井楽器ビルの近くで、捜査の様子に聴き耳を立ててみるか。それとも何か理由をつけて警察署に入り込み――。

「まずは冬絵の居場所だ」

俺はふたたびミニクーパーに乗り込んだ。検問を行っている路地を避け、大通りへ出て新宿方面へと戻る。道路は混んでいた。少し走っては渋滞で止まり、また少し走っては信号でブレーキを踏む。腹の奥に苛立ちが募る。裏道に入ろうと、俺は靖国通りの途中でハンドルを左に切った。

そのとき。

《……やめてよ痛いいぃ！……》

一瞬のことだった。

冬絵の声が、たしかに俺の耳に届いた。恐怖に満ちた悲痛な叫びが。

ブレーキを踏み、呼吸を止め、聴覚を研ぎ澄ます。しかし、何も聴こえない。どこだ。周囲に視線を走らせる。どこにいる。冬絵の叫びは急速に遠のいて——まるでカーレースのエンジン音のように——カーレースの——。

「車か！」

ウィンドウを下ろして首を突き出す。たくさんのクラクションがけたたましく鳴っている。俺はその方向を注視する。ガラスにスモークを貼《は》った一台のヴァンが、制限速度をはるかに超えて、車と車のあいだをジグザグに走り去っていくところだった。

靖国通りを、東に。

26　信ずる者は救われる

すぐさまタイヤを鳴らして車体をターンさせ、ヴァンのあとを追う。しかしいまから追いつくのが不可能であることは、すぐに思い知らされた。いくら飛ばしても、あのヴァンの後ろ姿は見えてこない。冬絵の声も、あれきりまったく聴こえてはこなかった。

「くそっ」

拳《こぶし》で膝《ひざ》を殴りつける。十字路で一気にハンドルを回し、対向車を際《きわ》どいタイミングでかわしながら車をUターンさせる。尻《しり》の下で四つのタイヤが悲鳴を上げ、周囲でクラクションがやかましく鳴り響いた。

俺は猛スピードでローズ・フラットまで戻った。

「おわぁ！」

事務所のドアに飛び込むと、帆坂くんは眺めていた地図帳から顔を上げて眼を丸くした。

「その地図、借りるぞ！」

「え？　これ？　え？」

俺はカウンターデスクから東京都の地図帳を取り上げると、新宿区のページをひらいて紙面に目を凝らした。あのヴァンはどこへ向かった——靖国通りを東に進むと何がある——地図に顔をくっつけるようにして俺は相手の行き先を探そうとした。だが焦《あせ》りばかりが先行し、おまけに東京の地図は二日酔いの眼には細かすぎて、どこがどうなっているのだかさっぱりわからない。靖国通りはどの線だ——この太いやつ——いやこれは線路で——。

「あの、何を探してるんです？」

見かねて帆坂くんが声をかけてきた。俺が早口で事情を説明すると、帆坂くんはとたんに紙のように白くなって声を震わせた。

「ふふふ冬絵さんがどこかに連れ……でもあのやす、靖国通りを東って……」

あまりに少ない情報に、帆坂くんは俺以上におたついた。

「そんなの靖国神社はもちろん秋葉原だって行けますし、その先には両国国技館、そこから靖国通りは京葉道路に変わって千葉のほうまでつづいてますよ！」

「じゃあどうすりゃいいんだ！」

「あああ冬絵さぁぁん！」

俺は頭を抱えてカウンターデスクに肘《ひじ》を打ちつけた。考える。推理する。脳味噌《のうみそ》をねじくりまわす。

「神頼みだ！」

いきなり帆坂くんが高い声を上げた。

「何だって？」

「神頼みですよ三梨さん！　こんなの、考えたってわかるはずない。そういうときは神様に訊《き》くんです！」

「トウヘイか！」

「そうですよ、あの人ならきっと教えてくれます」

「しかし、いくらトウヘイでも――」

「信ずる者は救われる！」

帆坂くんは大声でそう言うと、両手で思いっ切りカウンターデスクをぶっ叩《たた》いた。

俺はその勢いにはじき出されるようにして事務所のドアを飛び出した。そのまま廊下を走り、トウヘイの部屋の前に立つ。殴りつけるようにドアをノックする。しかし返事はない。

「トウヘイ！　トウヘイ！」

ずいぶん経《た》ってから、ようやくトウヘイが出てきた。半ズボンに黒いワイシャツ姿で、大口をあけてあくびをしている。

「トウヘイ、冬絵の居場所を教えてくれ。彼女がいまどこにいるのかを」

俺が懇願すると、トウヘイはまだ夢の中にいるようなぼんやりとした目で俺を見返した。もう一度、あくびをする。

「頼む、トウヘイ。時間がないんだ。冬絵が車で連れ去られた——行き先を教えてくれ」

トウヘイは俺の眼をじっと見て、それから肩をすくめてみせた。ゆっくりと首を左右に振り、ぶるぶると不満げに唇を鳴らす。

「なんだよ、おい。真面目《まじめ》に聞いてくれよトウヘイ！」

しかしトウヘイは唇を鳴らすだけで、何もしようとしない。

「頼むよトウヘイ、冬絵が危ないかもしれないんだ！」

俺が襟首を引っ摑《つか》んで迫ると、トウヘイは諦《あきら》めたように肩をすくめ、のろいモーションで片手を天井に差し上げた。嫌々やっているといった仕草だった。トウヘイが空中に向かって指先を犬の口のようにぱくぱくさせると、何度目かで、その指先に一枚のカードが咥《くわ》えられていた——ダイアの四。

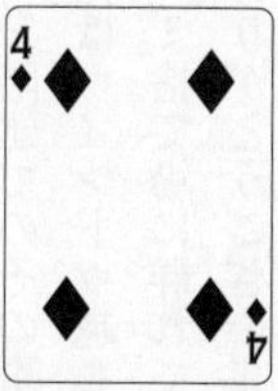

「ダイアの四……ダイアの四ってことは……」

俺は口の中で呟《つぶや》いた。カードの意味を必死に考える。冬絵の連れ去られた場所を推理する。

——ふりをする。

「ちくしょう……何やってんだ俺は……」

胸の底に、唐突に恥ずかしさが込み上げてきた。

「最初から、わかってたくせに……」

そう、わかっていたのだ。ほんとうは知っていたのだ。冬絵が何者によって連れ去られたのか。どこへ連れ去られたのか。十分に予想できていたのだ。だからトウヘイは、俺に向かって不満げに唇を鳴らしたのだ。いつか双子《ふたご》がクッキーの枚数を当てさせようとしたときのように。俺はただ、怖かっただけなのだ。自分自身を誤魔化して、時間を稼ぎたかっただけなのだ。

「あそこに決まってるじゃねえか！」

一気に階段を駆け下りてアパートの玄関を出ると、俺はそのまま路地を突き進んだ。

四菱エージェンシーの事務所のある場所はわかっていた。

27　〇〇〇〇って

「ストップ――ここでいい」

靖国《やすくに》神社にほど近い場所にある、四菱エージェンシーの事務所のそばで、俺はタクシーを停めさせた。ここに来るのは、千葉駅から冬絵を尾行した、あのとき以来だった。二階建てのその事務所は、人気《ひとけ》のない路地裏にひっそりと建っている。

俺はウィンドウ越しに周囲を確認した。通行人の姿はまったくない。動いているのはゴミ捨て場に群れている鴉《からす》だけだ。

「ありがとうございます。ええ、二千と――」

ドライバーが振り返って乗車料金を告げるのを、俺は片手を挙げて制した。フロントガラスの向こう側、事務所の二階の窓に視線を据え、じっと聴き耳を立てる。窓にはカーテンが引かれていて、中は見えない。

だが、俺の耳にはしっかりと奴《やつ》らの声が届いていた。

《ぼろいミニクーパーが近づいてきたら、必ず教えろよ。まさかとは思うが、三梨が乗り込んでこねえとも限らねえからな》

《わかりました》

《俺は下にいる》

男が二人、低い声を交わしている。カーテンが僅《わず》かに揺れ、隙間《すきま》から人影が覗《のぞ》いた。

路地の左右を確認しているようだ。

タクシーを選んだのは正解だった。俺の乗っているみすぼらしいあのチビ助は、業界ではある意味有名だ。それにしても、どうして四菱エージェンシーの連中は、俺が来ることを予測しているのか。冬絵が、俺のところで働いていることを自分で話したのだろうか。

「あの——どこか具合でも？」

ドライバーが眉《まゆ》をひそめて俺の顔を覗き込む。

「いや、そういうわけじゃない」

俺はドライバーに、四菱エージェンシーの事務所を迂回《うかい》して、少し離れた場所に車を停め直すよう頼んだ。

「でも……メーター止めちゃいましたよ」

「いいから早くしてくれ――あんたもこんなふうにしちまうぞ！」

俺は隠していた耳を、ちらりと見せてやった。ドライバーははっと息を吸い込むと、慌《あわ》てて正面に向き直ってサイドブレーキを外した。俺の指示通り、民家を一軒挟んだ場所まで車を移動させる。

料金にいくらか上乗せした額を手渡し、俺はそこでタクシーを降りた。四菱エージェンシーの事務所に、建物の裏側からゆっくりと近づいていく。事務所の周りは古い木造の民家ばかりだった。千代田区あたりでも、大通りから路地を少し入ればこんなものだ。

事務所の裏側には非常階段が延びていて、二階のフロアに入る鉄製のドアへとつづいていた。

《お願い……これを外して……》

冬絵の声だ。つづいて、男がへらへらと笑う声が聴こえてきた。先ほどの二人とは別の人物のようだ。若い男らしい。

《冗談でしょ、姉さん》
姉さん？
《それ外したら、絶対に俺をぶん殴って逃げようとするに決まってる。いざとなると、あんたむちゃくちゃやるからな。昔から》
《肌に食い込んで痛いのよ……》
《だぁかぁらぁ――外さねぇって言ってんじゃん。俺の言葉が聞こえなかったんすか？　田端せんぱぁい？》
言ってから、男は高い笑い声を上げた。どうやら「姉さん」はただの呼称だったらしい。
《ほんとに痛いのよ》
《しつこいっすよ》
《ねえ、少し緩めるだけでも……》
《外さねえって言ってんだろが！》
男の怒号とほぼ同時に、二つの音が聞こえた。一つはパイ生地をテーブルに叩きつけたような、べたんという重い音、そしてもう一つは冬絵の短い悲鳴――そしてさらに一瞬後、別の音――床に大きな何かが倒れ込んだような音が、ずしんと俺の鼓膜に響いた。
《……おっと、大先輩に暴力振るっちまった。ごめんよ、姉さん》
静かになった。
《へえ、姉さんもそんな顔するんだ》
男はまるで、子供が新しい玩具を見たときのような声でそう言った。
《許してよ……》
冬絵は泣いていた。声を抑えて泣いていた。ほとんど意識することなしに、俺の足は一歩一歩、前へと進んでいた。建物の灰色の壁が、ずんずん俺に近づいてくる。怒りが足元から腹を過ぎ、脳天を熱くしていた。落ち着け。冷静になれ。上手《うま》く助け出す方法を考えろ。相手は大人数、こっちは一人だ。しかも体力にあまり自信のない二日酔いの男なんだ。
だが、俺の足は止まらなかった。非常階段まで行き着くと、ためらわず鉄製の踏み板を上りはじめる。顔を上に向け、二階のドアを睨《にら》みつけながら、俺は徐々にそこへと近づいていく。
誰かの足音が、建物の中にある階段を上ってくるのが聴こえた。
《ん――なんだヨウスケ、殴ったのか》

先ほど下りていった男のようだ。物音を聞いて戻ってきたらしい。
《あ、社長。はい、あの、すんません。手錠を外せってうるさかったもんで……》
若い男の声が少し緊張した。
《まずかったっすか？》
《いや、まずいことはない。ただ、意味がないんじゃないかと思ってな。車の中で、俺たちがあれだけ痛めつけたんだ、いまさら殴ったところで、もう痛みなんて感じねえだろ。人間の神経ってのはな、けっこう諦めが早いんだ》
足音がフロアを進み、止まる。
《よう、田端。生きてるか？　泣いてるってことは生きてるんだろ？》
ぴたぴたと、肌を叩く音。
《お前のトレードマークのサングラスが落ちちまってるじゃねえか。拾ってやるよ
――ああ、すまん！》
硝子《ガラス》が砕ける音。
《踏んじまったよ。ああ、もったいない》
男は含み笑いをした。はじめは低かったその笑いは、だんだんと大きくなっていき、それにもう一人の男の笑いも重なった。俺は階段を上りきり、二階のドアの前に立つ。

ノブに手をかける。音を立てないよう、ゆっくりと回し、ドアを引く。しかし動かない。施錠《せじょう》されている。錠はピンシリンダー。その上にテンキー錠までついている。ピンシリンダーのほうを開錠しても、テンキー錠の暗証番号がわからなければドアをあけることはできないというわけだ。

《おい田端、もう一回だけ訊《き》くぞ》

声は、ドアのすぐ内側だった。

《お前、本気で□□の□□に□□□なんて考えてるのか？》

ゴミ捨て場で鴉が喧嘩《けんか》をはじめ、肝心な部分がよく聴こえなかった。

《――本気です》

《へえ、本気！　はははは、すげえなお前！》

《姉さん、最高に愉快なこと考えますねえ！》

《社長、ぼろいミニクーパーなんて来ませんが……》

別の男の声だ。窓の外を見張っていた奴か。

《まあ、そうだろうな。いまの時代、正義の味方なんてそうそういるもんじゃねえさ》

《いるかもしれないわよ》

冬絵が攻撃的な口調で言った。
《助けに来るかもしれないわ》
《助けにねえ。どうやって？》
社長と呼ばれている男は、低い声で笑う。
《一階にはごっつい連中が何人もいるぜ。二階からこっそり入ってこようにも、ほれ、そこのドアは二重に施錠されている。侵入者対策は万全だ。医者の不養生ってのが、俺は大嫌いだからな》
《ピンシリンダーなんて、心得のある人間ならすぐにあけられるわ。テンキーだって、暗証番号さえわかれば自宅のドアよりも早く開錠できる》
《テンキーの暗証番号はうちのスタッフしか知らない。そしてうちのスタッフは外部に暗証番号を洩《も》らすようなことは絶対にない》
《わからないわよ。どこかの飲み屋で、酔った拍子にぺらぺら喋《しゃべ》っているかもしれないじゃない――○○○○って》
冬絵は四桁《けた》の番号を口にした。その瞬間、俺は確信した。彼女は俺が近くにいることに気がついている。あるいはそれを信じてくれている。
《そんなことすんの、姉さんだけっすよ。俺たちみんな、事務所に誠実っすから》

俺はポケットから開錠道具を取り出した。
《おい、ヨウスケ》
《え、何すか?》
背をこごめ、音を立てないよう注意しながらピンシリンダーに取り掛かる。
《ねえ、それより社長、一つ俺のお願いを聞いてもらってもいいっすか?》
《お願い?》
《あの、俺、最近あれなんすよ。なかなか女と遊ぶ暇がなくて……だから、その、あれが……》
《ん? おお、そうか。お前はまだ若いからな。構わんぞ、こいつとやっても》
《ほ、ほんとっすか?》
《ああ。どうせ痛めつけるんなら、手で殴るより、そっちのほうが効果的かもしれんしな》
《そ、そうそう。俺もそう思ってたんすよ。へへへ》
《手錠を嵌《は》められてりゃ、抵抗もできねえだろ。よし、俺たちは下に行ってるから、さっさと済ませちまえ。——おい、行くぞ》
足音が二つ、フロアを横断し、階段を下っていく。俺は開錠道具を操作する指先の動きを速めた。焦《あせ》りが手元を狂わせる。背中を冷たい汗が流れ落ちる。
《そういうわけで、姉さん。失礼しますね……どれ……うわ、すげえ下着だなこりゃ……》
ううう、という冬絵の声。掌《てのひら》で口を塞《ふさ》がれているようだ。ばたばたと激しく足を踏み鳴らす音。
《すぐ済みますって……よし、と……へへ、なんか俺、むちゃくちゃ興奮してきた》
激しい衣擦《きぬず》れの音。冬絵が足を鳴らし、くぐもった声で叫ぶ。
《はいはい、姉さんいい子だから静かにして……ほら、足ひらけよ……そう……そうそう、それでいい……》
俺はいますぐ目の前のドアを殴りつけたい衝動を必死で抑えながら、ひたすら開錠道具を動かしつづける。
《お……うう……おお……久々……だな……おおう……サイコー……》
ピンシリンダー錠が回った。俺はすぐさまテンキーに向き直る。冬絵が教えてくれた四桁の番号を叩《たた》けば、このドアはひらく。
——待て。
不意に沸き起こった疑念が、俺を引き止めた。

これが罠《わな》だという可能性を、俺は見落としているんじゃないか？　いままで聴こえていた室内のやりとりはすべて演技で、冬絵はここの連中と協力して、俺を嵌めるつもりでいるのだとは考えられないか。

——あの人は、悪い人間です——

『地下の耳』のマスターの声が頭に響く。

——私欲のために三梨さんを利用している——

しかしいま聴こえている冬絵のくぐもった叫びは、絶対に演技などではない。絶対に。

「ちくしょう、面倒だ！」

俺は叫びながら頭を振って雑念を追い出した。テンキーに四桁の番号を打ち込む——微《かす》かな電子音がしてドアが開錠される——俺はノブを摑《つか》んで回し、一気にドアを引いた。

「信ずる者は救われる！」

大声とともに中へ飛び込む。フロアの端で仁王立ちになり、周囲に視線を走らせる。ぶん殴るべき相手を探す。誰からやってやろう。どいつが先だ。お前か。お前か。それともお前か。ちょっと待て。何だこれは。結論から言うと——。

「救われねえじゃねえか……」

俺は大勢の男たちに取り囲まれていた。

28　細かいことはあとで

その数、じつに十人以上。いずれも体力と凶悪な面構《つらがま》えに自信のありそうな連中ばかりだった。

「おお……サイコーだ……サイコーだよ姉さん……おお……おおう……ひ……ひひ……ひひひははははははは！」

あれがヨウスケか。悠然と床に胡坐《あぐら》をかき、馬鹿《ばか》笑いを撒《ま》き散らしながら腹を抱えている。そのそばでは、床に倒され、背中に両腕を回された冬絵が、眼を真っ赤に泣き腫《は》らして俺を見ていた。着衣に乱れはない。彼女の口は、別の男の手によってしっかりと塞がれていた。

「よう、同業者」

ものすごく上背のある一人の男が、集団の中からゆっくりと俺に近づいてきた。誰かに似ている、と瞬間的に感じた。しかしそれが誰だったかは思い出せない。

「田端の様子が、どうもおかしいと思ったんだ。わざわざテンキーの暗証番号を口に出したりしてな。しかしあんた——案外、単純な手に引っかかってくれるんだな」

声からすると、こいつがクソ社長だろう。真っ黒なスーツの腕を組み、感心したように俺を見下ろしている。服の上からでも筋肉質とわかる、身体《からだ》の半分が胸みたいな男だった。低くて重い声は、まるでその胸の奥から聞こえてくるような感じがする。色白の顔には表情がなく、尖《とが》った両眼はやけに黒目が小さくて——全身から冷気でも発散していそうな人物だった。こいつほんとうに人間なのか。

「——冬絵、大丈夫か?」

俺が彼女に呼びかけると、社長が「フユエ?」と片眉《かたまゆ》を上げた。

「田端——お前たしか、フユミじゃなかったっけか?」

冬絵は無言で俺を見つめていた。口を塞ぐ男の手が退《の》けられ、彼女の顔の全体があらわになる。両頬がひどく腫れ、唇は何箇所も切れて血が黒く固まっていた。

「ま、名前なんてどうでもいいか。ところで——」

社長は俺に向き直った。

「あんた、三梨だな? 盗聴専門で幅をきかせてる、あの有名人だ」

「いえ、そんな……有名人だなんて……」

「そうかい？　業界ではけっこう名を聞くぜ。新宿の裏通りにある、探偵事務所ファントム」

「いや、俺のとこなんて四菱エージェンシーさんに比べたら、まだまだ小さなもんです。毎日のやり繰りをするのが精一杯ってくらいで……」

「そんなもんか。そこそこ儲《もう》けてるんだろうと思ってたがな」

「とんでもないです。なにせうちは、四菱エージェンシーさんみたいに――」

　俺は社長を見上げた。

「薄汚いクソみたいな仕事を一切やらないもんで」

　社長の表情と部屋の空気が、同時に凍りついた。

　最初に動いたのはヨウスケという男だった。彼は床を蹴《け》って立ち上がると、両眼を尖らせてずんずん俺に向かってきた。

「殺しちゃうよおおおお！」

　社長が素早く腕を伸ばし、そのヨウスケの肩を掴む。

「何で止めるんすか社長！」

　ヨウスケは社長と俺をぶんぶん見比べた。その顔は怒りで真っ赤になっている。

「熱くなるんじゃねえ。四菱エージェンシーのスタッフは、熱くなっちゃいかん。感情を管理できない奴《やつ》に、いい仕事はできないからな」

「でも、社長——」

「感情の管理ってのは、クソになることを言うのか？」

俺の言葉に、ふたたび室内はしんと静まった。

「クソに感情はないもんな——臭《にお》いはあるが。ついでに言えばウグイスのクソには美肌効果があるし、ムササビのクソには血行促進効果がある。あんたらよりもよほど人の役に立つ。あんたらは低級なクソだ。クソもクソ、大クソだ。クソの底辺だ」

俺はクソクソ連発していたが、じつのところこの場を脱する何の策があるわけでもなかった。相手がクソならこっちは焼けクソだ。

「三梨……あんた、口が悪いと言われたことはないか？」

社長が無表情のまま唇だけを動かす。俺はまた何か痛烈な言葉で言い返してやろうと思ったが、クソのネタが尽きていたので、仕方なく正直に答えた。

「何度かある」

相手は「だろうな」と唇を歪《ゆが》めた。

「それじゃあ——口は災いの元、って諺《ことわざ》を知ってるか？」

「クソは災いの元なら知ってる。もっともさっき言ったように、ウグイスのクソには美肌効果があるし、ムササビの――」

ヨウスケが何か短くひと言発してふたたび向かってきた。こんども社長が止めてくれるかと一瞬期待したが、そういうことはなかった。ヨウスケの繰り出した中段前蹴りは俺の肋骨《ろっこつ》の下に見事命中し、俺は枕《まくら》投げの枕のように後方へ吹っ飛んだ。背中と後頭部が背後の壁に激突し、目の前がきらきらと光る。オフィスの床が、スローモーションのようにゆっくりと俺の顔に近づいてきて、そこへがつんと鼻がぶつかり、咽《の》喉《ど》の上のほうに生臭い血の味が広がった。冬絵が笛のような声で叫ぶ。しかしその声はすぐに、うううう、というくぐもった音へと変わった。誰かがまた汚らしい手を彼女の口に被《かぶ》せたのだろう。どれ、どんな奴だか見てやるか。そちらに顔を向けると、ちょうどヨウスケの革靴の爪先《つまさき》が勢いよく近づいてくるところだった。爪先には何か金属でも入っていたらしく、驚くほど硬い感触が俺の唇をつぶした。倒れていた俺の身体は、腰を支点に上体だけをぐるりと回転させ、俺はまたも背後の壁に後頭部を打ちつけた。目の前にひろがった光は、さっきよりもずっと明るく賑《にぎ》やかだった。

「――お前、馬鹿か？」

俺の前にしゃがみ込み、ヨウスケは「あ？」と俺の襟首をねじるようにして引き上げた。細い体軀《たいく》に似合わず、けっこうな力持ちだった。春雨が箸《はし》ですくわれるように、俺はヨウスケの腕に容易《たやす》く胸を持ち上げられた。

「馬鹿かもしれない。よくわからない」

俺は切れ切れの言葉を返した。

「ついでに言えば、何がどうなってるんだか、さっぱりわからない。どうして俺はここにいるんだ。その前に、どうしてうちのスタッフがここにいる？」

俺はヨウスケの肩越しに冬絵を見た。冬絵は身体をがくがくと震わせながら、俺を見つめて涙を流していた。口を塞がれていて、言葉を発することはできない。俺は社長に視線を移した。社長は薄い唇を僅《わず》かに曲げて、「知らないほうがいい」と答えた。

「知ったら、あんた哀《かな》しくなっちゃうぜ。どうもあんた――田端に惚《ほ》れてるみたいだからな。そうなんだろ、三梨？」

「プライベートに関するご質問なのでコメントは差し控えさせていただきます」

社長は少し笑った。

「まあいい、教えてやるよ。――あんたは、俺たちに騙《だま》されてたんだ。田端はいままでもこの四菱エージェンシーのスタッフだし、お前は田端の雇い主なんかじゃねえ。あんたは、この業界で言うところの、ターゲットだ」

「なるほど……」

俺は溜息《ためいき》をついて何度かうなずいた。唇の端から、ねばねばした赤い液体が垂れた。

「うわ、汚《きたね》え」

ヨウスケが手を離し、俺の身体はふたたび床に崩れ落ちる。なんとか目だけを社長に向け、俺は言葉を吐き出した。

「どうも、我がファントムと、四菱エージェンシーさんのあいだに、認識の相違があるようだな。まあいい、とりあえず彼女を返してもらおう。俺の認識では、彼女はうちのスタッフだ。いっしょに、事務所へ帰って、本人からゆっくり話を聞く」

俺は床に手をついて上体を起こした。腹と背中に激痛が走る。頭の上で、ビシ、と何かが音を立てた。

「わからねえ男だな、あんたも」

社長は長々と鼻息を洩《も》らした。

「田端はあんたのとこには帰らねえってのに。――おい、ヨウスケ。この三梨大先生にもう一度説明してやれ。もっとも、口で説明してもわからねえようだから、やり方はお前に任せる。お前の好きな方法で説明していい。たとえば……」

社長はいくつかの、驚くほど具体的な方法を口にした。どうやらヨウスケの説明を受けるのは、主に俺の身体の末端にあたる部分らしかった。

「まあその前に、もう少し弱らせとけ。あんまり暴れられても面倒だからな」

「了解です」

ヨウスケは俺に顔を向けた。爬虫類《はちゆうるい》のような、とても残忍そうな眼が、悦《よろこ》ばしげに光っている。

「そんじゃ――説明をはじめさせてもらうぜ。言葉以外で」

ヨウスケは俺の襟首を摑んで立ち上がった。俺は軟体動物のように、その腕にずるりと釣り上げられた。ビシ――頭の上でまた音が聞こえた。

「死んじゃったらごめんよおおおお！」

ヨウスケは左手で俺の身体を支えたまま、右腕を大きく後ろへ構える。どうせめちゃくちゃにやられるのなら、できれば早めに意識を失いたい――俺は抵抗することは考えていなかった。薄目をあけてヨウスケを見上げ、ただじっと最初の一発を待った。

ヨウスケが右の拳《こぶし》を俺の顔面に向けて突き出そうとしたそのとき、俺の身体が僅かに揺れた。バキ――頭の上でひときわ大きな音がした。

「うお……」

ヨウスケの動きが止まった。

彼は左手で俺を捕えたまま、両眼を大きく見ひらいて俺を凝視していた。ゴト――

俺の足元に何かが落ちる。俺はぼんやりとそちらへ視線を移す。耳を隠していたヘッドフォンが、床の上に転がっていた。アームが見事に二つに割れている。頭の左右が涼しい。俺はヨウスケに目を戻した。

「どうした――殴らないのか？」

「い、いや……」

ヨウスケは俺の耳をまじまじと見据えたまま身体を硬くしていた。その後ろで、ほかの連中もまた、ぴたりと動きを止めて俺を見ている。社長が、嫌らしいものでも目にしたように、細い眉を寄せた。

「話には聞いていたが――なるほど、すげえもんだな」

俺はそんな言葉は無視してヨウスケに向き直った。

「殴れよ。殴ろうとしてたんだろ？　さっきまでと何が違うんだ？」

「いや、でも……」

「俺は俺だ。お前が殴ろうとしていた相手が変わったわけじゃない。別の人間になったわけじゃない。ほら、殴れよ」

いつまで経《た》ってもヨウスケは動かずにいた。秒を刻むごとに、俺は腹の底が熱くなっていくのを感じていた。ヨウスケの目。こういう目が俺はいちばん嫌いなんだ。いちばん見たくないんだ。小学校の頃、クラスメイトたちはみんなこういう目で俺を見た。そして中学でも高校でも俺は——。

「殴れよ!」

「うあぁ!」

ヨウスケはとうとう俺に右の拳を振るった。しかしそれはおよそ相手にダメージを与えるようなものではなかった。彼の拳は俺の左の頬にあたり、べち、と情けない音を立て、すぐに離れた。

「だからお前らはクソだってんだ!」

気がつけば、俺は大声でわめき立てていた。

「さっきまでの俺と何が違う! お前と俺と何が違う! 気味が悪いか? 見たくなかったか?」

叫ぶたび、俺の視界はちかちかと明滅した。熱い血液がこめかみをずくずくと鳴らしていた。

「見た目が何だ? 姿かたちがどうしたってんだ? 何で思い切り殴れない! どうして手加減する!」

ヨウスケは固まったままだった。その後ろに並んだ連中も、しんと静まって、ただ俺に目を向けていた。

そのときだった。

階下から、なにやら声が聞こえてきた。

「何だお前――おい、ちょっと待てこら！」

「うるせー、そこあけろ」

「何者だ、てめえ」

「俺か？　俺は正義どびかただ！」

どうやら、馬鹿《ばか》がもう一人やってきたらしい。

ずんずんと階段を上ってくる足音。引き止めようとする男たちの怒号。二階にいる

俺たちは一斉にフロアの入り口に顔を向け、闖入者《ちんにゅうしゃ》の登場を待った。

「よう、びだし」

ドアを入ってくるなり、野原の爺《じい》さんは俺に向かって陽気に手を振った。

「おばえ、ひでえ顔だだあ」

野原の爺さんはうひゃうひゃと笑いながら周囲を見回す。しかし床に転がされてい

る冬絵を見つけると、その笑いをぴたりと引っ込めた。しゃがみ込み、冬絵の顔の傷

をまじまじと見る。冬絵は困惑げに、ただじっと相手の顔を見上げていた。

やがて野原の爺さんは立ち上がり、無表情に社長を見た。

「これは、おばえがやったどか——四菱？」

四菱というのは社長の名前だったのか。知らなかった。それにしてもどうして野原の爺さんは、この大人数の中で彼が社長だとわかったのだろう。

「あんたの知ったことじゃねえ」

常に冷静だった四菱が、初めて動揺しているのに俺は気がついた。

「偉そうだ口を利《き》くじゃでえか、え？　四菱よ」

野原の爺さんの声は、それまで俺が聞いたことのないような、低い、ドスの利いたものだった。

「あの病気で、あんた——とっくにくたばったかと思ってたぜ」

四菱もまたドスを利かせて言葉を返す。

「昔はハンサムだったのに、いまは見る影もねえな。——まあとにかく、あんたと俺はもう何の関係もないはずだ。さっさと帰ってくれ。何なら三梨も連れていけばいい。べつに、あいつに用があるわけじゃねえからな」

「冬絵ちゃっぽ、返してぼらう」

「そうはいかねえ。こいつはうちのスタッフだ。野原の親父《おやじ》、あんた——」

ふたたび階下から足音が近づいてきた。重いのが一つと、軽いのが一つ。

「こら四菱の餓鬼、ちょっと悪さが過ぎるんじゃないのかい！」

「ぼっ！」

入り口に現れたのはなんと、まき子婆《ばあ》さんとトウヘイだった。

「何だよちくしょう……お揃《そろ》いで来やがったのか……」

四菱は明らかに戸惑って二人を見比べた。

「野原探偵事務所の再結成ってわけか……」

「あんたがとんでもない悪さをしてると聞いてね、駆けつけたのさ」

まき子婆さんがふんぞり返って腕を組む。その隣でトウヘイが、ぶんぶんと大きくうなずいていた。果たしてトウヘイは、わけがわかっているのだろうか。少なくとも、俺はさっぱりわかっていない。状況がまるっきり呑《の》み込めていない。

「――わかったよ」

四菱はそう言って両手を上げると、冬絵を抑えつけていた男に顎《あご》で合図をした。

「田端を放してやれ。もう……面倒くせえ」

指示を受けた男は少しのあいだ迷うような素振りを見せていたが、やがてポケットから小さな鍵《かぎ》を取り出し、冬絵の手錠を外した。野原の爺さんが彼女の肩を支え、立ち上がるのを助ける。

「びだし、帰るぞ」

野原の爺さんは俺にそう言うと、まき子婆さんとトウヘイを促してドアを出た。なんだかよくわからないが——。

「ま、細かいことはあとで訊《き》けばいいか」

俺も彼らにつづいてドアを出た。四菱は自分の部下たちに、その場にいるよう指示を出し、俺の後ろをついてきた。野原の爺さんが冬絵を支え、トウヘイがまき子婆さんの手を引き、その後ろから俺と四菱。六人で階段を下りる。

「今回だけだぜ、野原の親父」

歩きながら、四菱はふてくされたような声で言った。これまでで、いちばん人間らしい声だった。

「そりゃ、おばえしだいだ」

野原の爺さんが答え、

「あんたがおかしなことしなきゃ、あたしらだってこんなところまで来やしないさ」

まき子婆さんがつづけた。

「おい——田端」

一階のフロアに出たところで、四菱は冬絵に呼びかけた。

「例の件は、認めてやるよ」

冬絵は一瞬驚いたような顔をしたあと、わざわざ身体《からだ》の正面を四菱に向けて、深々と頭を下げた。

「ご迷惑をおかけしました……」

まあ、細かいことはあとで訊けばいい。

29　殴られっぱなしは嫌

俺たちは事務所の出口へ向かって進んだ。ガラスの嵌《は》まったドアの向こうに、一台のタクシーが停まっているのが見える。野原の爺さんたちはあれに乗ってきたのだろう。

野原の爺さんが冬絵を支えながら事務所を出る。まき子婆さんとトウヘイがそれにつづき、四人は揃ってタクシーに近づいていった。俺はドアの手前で足を止め、オフィスの様子を見渡す。デスクがぜんぶで三十台ほど、二つのシマをつくって並んでいた。ずいぶんな数だ。上にいた連中だけでなく、外に出ているスタッフがまだまだたくさんいるらしい。デスクのそれぞれには型の新しいパソコンが一台ずつ置かれていた。奥の壁際《かべぎわ》に、大型のコピー機が一台。その隣にデータサーバーが一台。

「一つ、頼みがある」

俺は四菱を振り返った。

「何だ」

「あんたたちがやった仕事の、過去のデータを見たい」

四菱は信じられない言葉を耳にしたというように、眉《まゆ》を寄せて首を突き出した。まじまじと俺を見下ろして、「はっ」と息を吐く。

「そんなことさせられるわけがねえだろ」

「七年前のものだけでいいんだ。頼む」

俺は視界の端で、ドアの向こう側を窺《うかが》っていた。野原の爺さんがタクシーのドライバーになにやら指示し、相手はうなずいている。一台では乗り切れないから、どうやらもう一台のタクシーを呼んでもらっているようだ。

「七年前?――何か知りたいことでもあるのか?」

「ああ。なんとしても調べたいことがある」

四菱は長い両腕を左右に広げ、「だったらなおさら駄目だな」と笑った。

「何を調べるつもりかは知らんが、余計な面倒はごめんだ」

「そこをひとつ、なんとか」

「無理だな。あんたも探偵事務所をやってるんだ、そのくらいわかるだろうが」

「そうか、無理か……」

俺はちらりとドアの外に視線を投げる。ちょうど、もう一台のタクシーがやってきて停車するところだった。意外と早い。すぐ近くにいたのだろう。先に出た四人が、それぞれタクシーの脇《わき》に立って、こちらを気にしていた。

「なら、ちょうどよかった」

俺は四菱に顔を戻した。

「殴られっぱなしは嫌だったんだ」

最後の「だ」と同時に、俺はデスクのシマに向かって一直線に駆け出した。

「おい！」

床を蹴《け》り、デスクに飛び乗って書類の散らばった天板の上をどかどかと走り抜ける。反対側に飛び降りると、俺はコピー機の脇に置かれたデータサーバーを両手で抱え上げた。接続されていた数本のケーブルがぶちぶちと外れ、床を跳ねる。

「お前、何やってんだ！」

四菱がデスクのシマを回り込んで向かってきた。ものすごく獰猛《どうもう》な顔つきだった。俺はデータサーバーを脇に抱え、シマの反対側を素早く駆け抜けて事務所のドアを飛び出した。

「逃げるぞ！」

追いかけてくる足音を背後に聞きながら、タクシーに向かって走る。

「みんな早く乗り込め！」

四人は一瞬ぎょっとした顔をしたが、すぐさまタクシーに向き直った。座席に乗り込んでこのまま逃げ出し――。

しかしそこで計算外のことが起きた。二台のタクシーが、ドアをひらいた状態のまま、まだ誰も乗り込んでいないというのにいきなり発進したのだ。

「……勘弁してよ」

ドライバーが小さく呟《つぶや》くのが聞こえた。二台のタクシーは瞬《また》く間に去っていった。

「ちくしょう――とにかく走れ！　トウヘイ、まき子婆さんを頼む！」

俺たちはばたばたと足を鳴らし、路地裏を一目散に駆ける。トウヘイはまき子婆さんの身体を片手で肩に担《かつ》ぎ上げながら、俺たちと同じ速度で走った。背後に迫る四菱の足音は、ぐんぐん近づいてくる。さらに後ろのほうからは、何人かの男たちの喚《わめ》き声が聞こえてきた。どうやら二階にいた連中が異変に気づいて出てきたらしい。

「むぼっ！」

トウヘイがまき子婆さんを担いだままいきなり振り返り、紫色の袖口《そでぐち》から何かをばら撒《ま》いた。それは大量のトランプだった。背後に目をやると、四菱がアスファルトに撒かれたカードに足を滑らせ、漫画のように見事にすっ転ぶ瞬間が見えた。

「でかしたトウヘイ！」

言った直後、俺は自分の眼を疑った。

「ん……」

地面に這《は》いつくばる四菱の後ろから、見慣れたものが近づいてきたのだ。

「あれは……」

どう見ても、俺のミニクーパーだ。アパートの駐車場に置いてきたはずの、俺の車。いったい誰が運転して――。

「嘘《うそ》だろ、おい……」

なんてことだ。

運転席にトウミ、助手席にはマイミが座っていた。とんでもない違反車両が俺たちに向かって突っ込んでくるのだ。ギャギャギャギャギャー！　ミニクーパーは俺たちの横で地面を鳴らして急停車した。

「正義の味方登場よ」

「みんな早く乗って」

「この車の後ろに五人も乗れるわけねえだろ！　だいたいお前ら——」

「五人じゃなくて六人よ」

「帆坂さんが乗ってるわ」

見れば後部座席の奥で、帆坂くんが申し訳なさそうに首を縮めていた。しかし口許《くちもと》は少し笑っている。

「もうどうでもいいや、細かいことはあとだ！」

野原の爺《じい》さん、冬絵、まき子婆さん、トウヘイを俺は野菜詰め放題のように後部座席につぎつぎ押し込み、自分はデータサーバーを抱えたまま、最後のサツマイモとなって四人の膝《ひざ》の上に飛び込んだ。「出せ！」と声をかけると、千三百ccの小さなエンジンは痔《じ》の激痛にあえぐテノール歌手のような高い響きを発して車体を動かしはじめた。トウヘイがほとんど身動きの取れない状態で一枚のカードを取り出し、窓の隙間《すきま》から外に放り投げる。カードはひらひらと風に乗り、ぎゃあぎゃあ喚き立てながら追いかけてくる四菱エージェンシーの連中のほうへと飛んでいった。トウヘイがカードを投げるとき、俺はちらりとその手元を見ていたのだが、カードには数字もマークも印刷されていなかった。ただ真っ白な面一杯に、下手くそな字で『ばか』と書いてあった。ミニクーパーが加速する。四菱エージェンシーの連中の喚き声も、「野郎」とか「待ちやがれ」とかいうマンネリズムの言葉も、徐々に遠ざかっていった。

「お前ら、何で車の運転なんてできるんだ！」

俺は首をねじって前を向いた。

「ママがやってるのをいつも見ているもの」

「こんなのあたしたち二人でやれば簡単よ」

「それにしてもこの車あたしたち向きかもしれないわね」

「ウインカーのレバーがハンドルの左側についてるから」

運転席のトウミがハンドルとペダルを操作し、その左側で助手席のマイミがすこんすこんとタイミングよくギアを入れ換え、適宜、ウインカーを出している。テレビゲームと同じ感覚でやっているのか。

「でも道がわからないから帆坂さんに教えてもらったの」

「すごいのよ帆坂さんはどんな裏道も知ってるんだから」

「それだけが取り得だもんで……」

帆坂くんは座席の隅で俺たちに押しつぶされながら、細長い顔をほころばせた。眼鏡が少しずれている。

「あんたたち、大人しく待ってろって言ったろうが！」

俺のすぐ耳元でまき子婆《ばあ》さんが怒鳴った。双子《ふたご》はくすくすと笑う。

「だったら行き先なんて言わなければよかったのよ」

「あんなに慌《あわ》てて出ていったら誰だって気になるわ」

まき子婆さんは、ふんと鼻息を洩《も》らした。

「まあいいや、どこか適当なところで停めな。早いとこタクシーを拾って乗り換えたほうがいい。パトカーにでも並ばれたらコトだからね。ところでいま、どこを走ってるんだい？」

「ええと、九段北四丁目あたりだと思います」

帆坂くんが答える。

「そういうことを訊《き》いてるんじゃないよ。路地かい？　大通りかい？」

「あ、路地です。通行量の少ない裏路地です」

「そんなら、目立つ場所に出る前に、さっさと脇へ停めな」

「もう少し運転していたいわ」

「なんだか板についてきたわ」

「もう、連中も追ってこねえだろ。とりあえず、どこかで停めてくれ」

俺は四人の膝の上で唸《うな》った。

「三梨さんも警察が怖いの？」

「それとも事故が心配なの？」

「どっちでもねえよ」

俺は歯を食いしばって答えた。限界が近づいているのがわかった。

「――二日酔いがひどいんだ」

30　ものすごい顔ぶれ

「まだ、あんたが野原の爺さんに弟子入りする前のことだよ。あたしもトウヘイも、野原探偵事務所で働いてたんだ。どっちも、辞めちまったけどね。あたしは怪我《けが》をして、トウヘイは病気に罹《かか》って」

病院のベンチで腕を組み、まき子婆さんは鼻息を荒くした。

「当時の野原探偵事務所に、四菱の奴《やつ》もいたんだよ。あの餓鬼、あたしらのとこで働いてたときは、まっとうな探偵だった。それがいきなり、ぷいといなくなったかと思えば、四菱エージェンシーなんて偉そうな名前の事務所をおっ立てやがったんだ」

まき子婆さんの野太い声に、ロビーを行き交う人々がちらちらと視線を投げてよこす。

冬絵は診察室で怪我の具合を診てもらっているところだった。俺たち八人が揃《そろ》ってこの病院の窓口に現れたとき、若い女性の事務員は、いったい誰が患者なんだかすぐにはわからなかったらしく、「あの……」と口ごもって俺たちを見比べた。俺が冬絵を示して「ちょっと転んだ」と説明すると、事務員は冬絵を救急患者扱いにしてすぐに診察が受けられるよう取り計らってくれた。

「あいつは――四菱は、トウヘイと同期だったんだ。二人ともスジが良くてさ、いい仕事してたよ」

まき子婆さんはちょっと湿った声で言いながらロビーの天井を仰いだ。

俺が野原の爺さんに弟子入りする前といえば、まだ神様がトウヘイの脳味噌《のうみそ》に手をつけていなかった頃だ。俺がローズ・フラットにやってきて、野原探偵事務所のドアを叩《たた》いたときには、すでにトウヘイは能力の一部をあのカードの才能と交換していた。

「参ったな……まったく知らなかったよ。四菱のことも、あんたたちのことも」

俺は手にした小瓶のキャップをひねった。売店で買ってきた二日酔いの薬だ。

「敢《あ》えて、言わだかったっだ。四菱は、俺ど恥だし、ばき子婆さっやトウヘイは、探偵やってた頃どことを、忘れてえようだったからよ」

「――そうなのか?」

俺は二人に顔を向けた。まき子婆さんが小さくうなずいて、「まあ、いろいろあったからね」と答えた。

「あの仕事はほら、他人の人生の影でき上がっているようなもんだからさ。そのうち自分の人生がその影に覆《おお》われて、なんだか上手《うま》く見えなくなっちまうんだ。黒く、ぼやけてきてね」

まき子婆さんは少し黙ったあと、隣に座った俺の肩をぽんと叩いた。

「あんたは平気そうだ。心根が、しっかりしてるから」

「三梨さんは何も考えていないだけだと思うわ」

「トウミちゃんそれあたしが言おうとしたのに」

じつは俺も言おうとしたところだった。

俺はただ何も考えていないだけなのだ。情けないくらいに。

「ん――あそうか」

ふと思い出して、俺はコートの胸ポケットに手を突っ込んだ。『地下の耳』のマスターにもらったゴム人形を取り出す。

「これ、あいつだ……」

あらためて眺めてみると、その人形はどこからどう見ても、あの四菱なのだった。

「はは、懐《なつ》かしいぼっ、ぼってるじゃでえか」

「マスターにもらったんだ。捨ててもいいなんて言ってたぜ」

「あのマスターも、四菱の餓鬼が何の相談もなく出ていったときはかなりトサカに来てたからね」

まき子婆さんの言葉に、俺は首をひねった。

「出ていったときは——って？」

まき子婆さんは皺《しわ》の寄った唇を皮肉っぽく歪《ゆが》めた。

「あのマスターは、野原探偵事務所の事務をやってたんだ」

「へ？」

「あたしとトウヘイが事務所を抜けたとき、いっしょに辞めて、あそこに店を出した。だって、所員が爺さん一人じゃ、事務の仕事なんてないようなもんだからね。残ってもしょうがないじゃないか」

「かあぁ、参ったな……」

俺は思わず頭を抱えた。あのマスターまで仲間だったのか。なるほど、昔、野原の爺さんが受けたという依頼の内容に、やけに詳しかったはずだ。

それにしても、野原探偵事務所——かつてはものすごい顔ぶれだったわけだ。当時の面子《メンツ》が揃って働いている光景を、見たいような見たくないような。

「僕ちょっと、トイレ行ってきますね」

帆坂くんがその場を離れて廊下の奥へ向かった。小学生二人の運転に緊張して、トイレが近くなったのかもしれない。途中で、若い女の看護師が帆坂くんの案内を買って出ているのが見えた。帆坂くんは「一人でできますから」と愛想良く断っていた。

そのままトイレの中へと消える。

「おお、終ったびてえだぞ」

野原の爺さんが声を上げた。診察室のドアから、冬絵が静かに出てくるところだった。

「ご心配をおかけしました」

冬絵は小さな声で謝罪をし、俺たちに深く頭を下げた。あちこちにガーゼのあてられた痛々しいその顔は、そのまましばらく上げられることはなかった。

「あ、冬絵さん、怪我の具合はどうでした？」

トイレから戻ってきた帆坂くんが心配そうに訊く。

「骨は大丈夫だったみたい。ただの打撲。ちょっと数が多かったから、診察に時間がかかっちゃったけど」

冬絵は俺のほうには一度も視線を向けようとしなかった。

二日酔いの薬を飲み干すと、頬の内側がぴりぴりした。

31　ねじくれた感情

「話してみろよ」

帆坂くんの拵《こしら》えてくれた氷嚢《ひょうのう》で顔を冷やしながら、俺はわざと何気ない声を投げた。

身体《からだ》の節々が痛くて、コートも脱げない。

冬絵は事務所のソファーの端で、さっきから悄然《しょうぜん》とうなだれたまま、黙って洟《はな》をすすっていた。そんな冬絵を、帆坂くんが部屋の隅から心配そうに見つめている。ほかの連中は、それぞれの部屋に戻っていた。

「何を聞いても驚かねえよ――小学生がマニュアル車を運転するのを見たあとだし

な」

四菱エージェンシーの連中がここへ乗り込んでくる心配は、当面なかった。病院からの帰路、俺が社長の四菱に電話をかけておいたのだ――借りたデータサーバーはすぐに返却するからご心配なく、ただしそちらが妙な動きをした場合、その瞬間にすべてのデータを警察に流すと。四菱がじっと待機していてくれるのか、それとも何か作戦を立ててくるのかは、わからない。いずれにしても、いまは少しだけ時間があるはずだ。

「ぜんぶ、話す……」

冬絵は下を向いたまま、掠《かす》れた声を返した。

そして冬絵は、これまでの経緯を訥々《とつとつ》と語りはじめた。非常に残念なことに、彼女の説明によって、『地下の耳』のマスターの言葉が正しかったことがあらためて証明されることとなった。そしてそれと同時に、トウヘイが冬絵に渡したダイアのクィーンの意味も、ようやくわかったのだった。

冬絵は、まさに金のために俺を騙《だま》し、利用していたのだ。

「あなたが私に、最初に駅で声をかけてくれたあの日、私は社長に――四菱に、そのことを話したの。あなたにもらった名刺を見せて、ことの経緯を説明した」

「そのとき奴は、何て？」

俺は努めて平静な声を返した。

「ちょうどいい、と言ったわ。あなたをつぎのターゲットにしようって」

「ターゲットってのは？」

俺が訊くと、冬絵は俺が予想もしていなかった話をしはじめた。

「ここのところ、都内の探偵社がつぎつぎ廃業しているのは、あなたも知ってるでしょ。あれはぜんぶ、四菱エージェンシーの仕業なの。社長の四菱は、一般の人たちを強請《ゆす》ってお金を奪うだけじゃ満足できなくなって、こんどは同業者に目を向けはじめたのよ。同業者を廃業させて、四菱エージェンシーへの依頼の絶対数を増やそうって。四菱の考えたやり方は、単純なものだわ。同業者の事務所に、スタッフとして四菱エージェンシーの人間を潜り込ませるの。そして、その事務所が何かの調査を依頼されるたび、調査の途中で、ターゲットに対して匿名《とくめい》の手紙を送りつけるのよ。どこどこの探偵社が誰々に依頼されてあなたの何々を調べています、っていう内容の手紙を」

「ははあ——要するに、ぜんぶばらしちまうわけか」

「ええ。そうなると、その事務所は、クライアントからの成功報酬がもらえなくなる」

「なるほどな……」

すべての依頼に対してそんなことをされたのでは、小さな事務所など瞬《また》く間に経営が立ち行かなくなってしまうだろう。

「で、この探偵事務所ファントムも、そのターゲットだったと」

冬絵はうなずいた。

「あなたは有名だったから、四菱も慎重に時期を見ていたわ。ほんとうは、まだ手は出さないつもりでいたの。でも、偶然にもあなたのほうから私に声をかけてきたから――」

「願ったり叶《かな》ったりというわけか」

「自分で誘い入れたスタッフがスパイだなんて、まず考えないでしょ」

たしかにそのとおりだった。冬絵が俺の頼みを聞いて、いっしょに仕事をすることを了解してくれたとき、俺は彼女をまったく疑ってなどいなかった。

「だから、あんなにすんなりと話が進んだわけか」

あの日、俺がおっかなびっくりで声をかけたにもかかわらず、冬絵はその夜のうちに俺の申し出を受け入れてくれた。あの時点で、俺は不自然さに気づくべきだったのだ。

「四菱エージェンシーが私に約束した成功報酬は、大きかった」

冬絵は、このファントムを廃業に追い込んだ際、四菱エージェンシーから彼女に支払われるはずだった金額を、具体的に口にした。それは思わず腰が抜けるほどの数字だった。俺の車が何台買えるだろう。

「しかし――そりゃおかしくないか？　何でこんなちっぽけな事務所をつぶして、そんな金がもらえるんだ？　四菱エージェンシーとしちゃ、まったく割に合わないだろうが」

「そのときは私も不思議に思った。でも、今日になって、なんとなくわかったわ。――きっと、あなたが野原のお爺《じい》さんの弟子だったからよ」

「なんだそりゃ。ずいぶんとねじくれた感情だな」

そう言いつつも、なんとなくその感情が理解できてしまう自分もいた。

俺は部屋の隅で神妙にしている帆坂くんに視線を投げた。帆坂くんは俺の考えていることに気づいたらしく、ぶるぶると首を横に振った。

「僕はただの事務員ですからね。そんな、謀反《むほん》なんて起こしませんからね」

「まあ……信頼してるよ」

俺は冬絵に顔を戻した。

「で、そもそもの計画だと——今回の場合は、俺の仕事のターゲットである黒井楽器に、四菱エージェンシーから匿名の手紙を送るつもりだったんだな？　谷口楽器が俺を使って楽器デザインの盗用の証拠を探っていますよと。そして俺の仕事はパーになる」

「そうなるはずだったわ。でも——」

「黒井楽器で殺人事件なんてものが起きてしまい、俺が自ら成功報酬を諦《あきら》めて仕事を下りてしまった。四菱エージェンシーの計算はすっかり狂った」

冬絵はうなずいた。そして初めて顔を上げ、真っ直《す》ぐに俺を見た。

「それだけじゃない。計算外だったことは、もう一つあるの」

自分の心の中で、ある決心をするように、少し顎《あご》を引いてから、彼女は唇をひらいた。口の中が深く切れているのが、光の加減でちらりと見えた。

「私が、ここで、ほんとうに働きたいと思うようになってしまったのよ。私はおとさい、四菱エージェンシーに電話して、思い切ってそのことを伝えた。そしたら今朝、事務所の連中がいきなりマンションにやってきて、無理やり車に乗せられて……」

俺はぼんやりと思い出す。一昨日、マンションのそばで、俺が冬絵の声に耳を澄ませていたときに聴こえたあの電話のやりとりは、そのときのものだったのか。そしてもう一つ。今日、四菱が冬絵に向かって言った言葉。鴉《からす》の声でよく聴き取れなかったが。

——本気で□□の□□□に□□□なんて考えてるのか？——

「そうか、あれは、ミナシのジムショにイコウ……」

「え？」

「いや、何でもない。で、きみは俺のところでほんとうに働きたくなった、と」

俺は話を戻した。

「そうよ。嘘《うそ》じゃないわ。ほら、いつかいっしょにお鍋《なべ》を食べたとき、私、言ったでしょ。四菱エージェンシーから抜けたいと思ってたって。あれは、少しはほんとうの気持ちだったの。私のこの眼を誉《ほ》めてくれた人なんてこれまでいなかったし、アパートの人たちは楽しいし、私——」

「ちょっと待った」

俺は片手を挙げて冬絵の言葉を遮った。冬絵は困惑げに眼をしばたいた。

「二つ、大事なことを確認しなきゃならないんだ」

冬絵はこくりとうなずいて、俺の言葉のつづきを待った。

俺は——殺人者と付き合いをつづけるつもりはない。

そして——七年前、秋絵を自殺に追い込んだ人間を許すつもりもない。

どちらを先に確認すべきだろう。俺は迷った。視線を転じると、そこに四菱エージェンシーから奪ってきたデータサーバーが転がっていた。

「古いほうから確認しよう」

俺はデータサーバーに向き直り、コンセントを差し込んで電源を入れた。

「あの……僕、ここにいてもいいんでしょうか?」

帆坂くんがおずおずと訊《き》いてくる。俺はうなずいて答えた。

「毒を食らわば皿までって言うだろうが」

32　姿かたちとそぐわない物

幸い、中身はいかれていなかった。ハブを挟んでノートパソコンと接続すると、データサーバーはアクセス可能になった。アクセスの際にパスワードを求められたが、これは冬絵が知っていた。BISHIYOTSUだった。まったくふざけている。

俺はノートパソコンの中でデータをひらいた。

「さてと——おお、膨大だな」

「四菱は、データの管理を徹底させていたから」

仕事のデータは年度ごとにフォルダを分け、保存されていた。それぞれのフォルダをひらくと、一月から十二月まで、十二個のフォルダが現れる。その中にまた五十個ほどのフォルダが格納されていて、それが、各仕事で使ったファイル一式を仕舞い込んだものだった。俺はタッチパッドを操作して、七年前のフォルダをいくつかひらいてみた。内容はどれも、胸をむかつかせるものばかりだった。まずは証拠物件にあたるファイルを覗《のぞ》いてみる。夜の公園で身を寄せ合う、初老の男性と若い女。テナントビルのトイレを盗撮した動画。風俗店に入る、高級そうなスーツを着た中年男の姿。文書ファイルを読んでみる。仕事の概要が几帳面《きちょうめん》にまとめてある。証拠物件と金銭の交換を要求する脅迫状も、物件ごとに保存されていた。

俺は嫌気が差し、冬絵にノートパソコンをゆずった。

「例の仕事は、どれだ？」

「例の仕事……？」

「きみが昨日話してくれた、七、八年前の冬にターゲットの愛人が自殺したというやつだ。その愛人の名前をきみは憶《おぼ》えていないらしいが、ここにはそれがわかるデータも入っているんだろう？」

俺の言葉に冬絵は戸惑うような表情を見せた。何故《なぜ》俺がそのデータを見たがっているのか、わからないのだろう。彼女には秋絵の話をきちんとしていない。この部屋でいっしょに暮らしていたということしか、彼女は知らないのだ。

「フェアじゃないな」

俺は自分の財布を引き寄せ、中からラップに包んだ写真を取り出して冬絵に手渡した。冬絵は写真を受け取ると、不安げに顔を上げた。

「秋絵さんが……彼女が、何か関係してるの？」

「秋絵は七年前の十二月、福島県の山の中で首を吊《つ》って死んだんだ」

その瞬間、冬絵の表情が消えた。すべてを理解したようだった。かつて自分が死に追い込んだ「愛人」のことを、俺が調べようとしている理由。昨日ここでその話を聞いたとき、俺の態度が急変した理由。

「データを、確認してくれ」

冬絵はマネキンのように表情をなくしたまま、静かにノートパソコンに向き直った。タッチパッドに指を滑らせ、フォルダの中身を確認していく。やがて指の動きが止まり、冬絵の横顔が、ぴくりと強張《こわば》った。

「――これだわ」

俺は画面を見る。それは、七年前の十二月のフォルダだった。

「記憶が曖昧《あいまい》だったんだけど、七年前だったのね……」

「しかも、十二月か」

恐ろしい真実に向かって、一歩前進というわけだ。

冬絵は仕事の内容をまとめてある文書ファイルをひらいた。ターゲットの男性の名前に、俺は目をやる。憶えのない名前だった。

「自殺した、彼の愛人の名前は、どこに？」

「当時の新聞記事を、PDFで保存してあったと思う」

画面の中をポインタが動く。その軌跡が不安定なのは、タッチパッドに這《は》わせる冬絵の指先が震えているせいだった。

「――これよ」

やがて画面の真ん中に、新聞記事をスキャンしたものが現れた。記事は小さく、内容もそれほど詳しいものではないようだ。

「遺体の発見された日付、この記事には、十二月十三日と書いてあるけど……？」

「日付は参考にはならない。秋絵の遺体が、正確にはいつ発見されたのか、俺は知らないんだ」

秋絵の遺体が見つかったことを俺が知ったのは、もう年が明けてからのことだった。

「ただ、それが十二月の中頃だったとは、聞いている」

「じゃあ、時期は一致するわけね……」

「そうらしいな」

俺は腹の底が重たくなっていくのを意識しながら、ゆっくりと画面に顔を近づけた。

『十二月十三日、福島県の山林で若い女性が首を吊って死んでいるのを散策に来ていた地元の無職の男性(68)が発見し、警察に通報した。遺体は死後数日が経過しており、外傷がないことから、警察は自殺とみて女性の身元を調べている。女性は身元を示すものを何も所持しておらず、現在警察では情報提供を呼びかけている』

俺は画面から顔を離した。

「――これじゃあ、わからないわね。亡《な》くなった女性のことが、ほとんど何も書かれていないから」

冬絵は複雑な表情で俺を見た。しかし俺は首を横に振った。

「いや、わかったよ」

「え……」

「これは秋絵じゃない。場所も時期も一致しているようだが、偶然だ」

「でも、記事では遺体の身元は不明だって」

「いいんだ。とにかくわかったんだ。きみの仕事のせいで自殺したのは、別の人間だった」

俺はタッチパッドを操作して、新聞記事のファイルを閉じた。冬絵は戸惑った表情のまま、俺の顔を覗き込んでいた。

「三梨さん、あの、もしかして――」

帆坂くんが細い声を洩《も》らす。何かに気づいたようだ。俺は素早く片手を上げて言葉の先を制した。

「もういいんだよ、帆坂くん。この話はこれでお終《しま》いだ」

勘のいい帆坂くんは、大人しく言葉を呑《の》み込んだ。

これでお終いとは言ったものの、俺の中ではまったくお終いではなかった。

俺の頭は、安堵《あんど》と困惑で満たされていた。いまの記事を読んで、七年前に冬絵が恐喝した男の愛人というのが、秋絵でなかったことははっきりした。冬絵のやった仕事と秋絵の自殺は、無関係だったのだ。それは喜ぶべきことだろう。しかしそうなると、秋絵の部屋のゴミ箱に残されていたという、白い封筒と赤いビニールテープは何だったのか。

——白い無地の封筒よ。四菱エージェンシーの人間はみんなそれを使うわ。真っ白な封筒に証拠写真や脅迫状を入れて、真っ赤なビニールテープで封をするのよ——

あれは偶然だったのだろうか。たまたま秋絵の部屋のゴミ箱に、似たような物が入っていただけなのだろうか。

「——待てよ」

俺はノートパソコンを自分の膝《ひざ》に移し、七年前のデータをもう一度調べてみた。先ほどちらりと覗いたそれらのデータの中に一つだけ、俺の頭に引っかかるものがあったのを思い出したのだ。

「これだ……」

それは、テナントビルのトイレを盗撮した動画だった。文書ファイルに、ターゲットとなったビル名が書いてある。知っているビルだ。ここはたしかに——。

「それは関係ないと思うわ」

「どうして？」

「別のスタッフがやった仕事だから、詳しくはわからないけど——それ、女子トイレの個室を盗み撮りしたものよ。映像には顔がはっきり映っていないし、要求した額も小さかったようだから、相手はまったく気にしないか、お金を払うかのどちらかだったと思う。その手の仕事は、だいたいそうなるの。まさかそのせいで自殺まで――」

「そうかな」

俺は画面の操作をつづけた。腹の底にむかつきと焦燥をおぼえながら、動画ファイルをつぎつぎひらいていく――これは違う――これも――これも――。

「ねえ……ねえ、三梨さん、その映像じゃ、わからないわよ。ピントが手前にずれすぎて、顔の判別もできないし……」

違う――違う――これも――これも――これ――。

「三梨さん……？」

俺はぴたりと手を止めていた。

画面を睨《にら》みつけたまま、まったく動けなくなっていた。

――どうして、鳩《はと》を見てるんだ？――

和式の便器を挟んで伸びる、二本の足。奇麗な足だ。顔は映っていない。ゆっくりと、下着が下ろされる。長い足の、小さな二つの膝が曲げられ――。

これだ。間違いない。

「これが……」

——好きなの、鳩が——

これが秋絵を殺した。

「三梨さん……どうしたの？」

冬絵が不安げな声を洩らし、横から画面を覗こうとした。

「見るな！」

俺はノートパソコンを持ち上げ、力任せに壁に投げつけた。画面が真っ白に光り、ぎゃあああ、とパソコンのスピーカーから高音のノイズが飛び出して、狭い部屋の中に反響する。それは俺の耳を突き刺し、頭蓋骨《ずがいこつ》の中に踏み入って脳味噌《のうみそ》をやたらと掻《か》き回した。頭に熱い血がたぎり、身体《からだ》中を怒りが支配する。俺は叫んでいた。わけのわからない声で、腹の底にあとからあとから湧《わ》き出す熱い怒りを咽喉《のど》から吐き出すように、ただ叫んでいた。白く光っていた画面は、しだいにちらつきながら、もとの映像をふたたび映し出した。秋絵の映像。秋絵を死に追いやった映像。

「やっぱりお前らだったんだ！　お前らが秋絵を殺した！」

俺は冬絵の襟首を摑《つか》んで無茶苦茶に振り回した。帆坂くんが怯《おび》えた声を上げる。冬絵は俺の腕の動きにがくがくと首を揺らし——しかしその目は、転がったノートパソコンの画面に、ぼんやりと向けられていた。不思議そうに——見ているものを理解できないというように——冬絵はその映像を眺めていた。そこには——ある物が——しゃがみ込んでいる人物の姿かたちとそぐわない物が映し出されていた。

「まさか……」

そんな言葉が、冬絵の口から洩れる。

「ちくしょおおおおお！」

俺は冬絵を突き放し、飛びつくようにしてノートパソコンに自分の両腕を振り下ろした。何度も何度も二つの拳《こぶし》を打ち下ろした。機械の破壊される無機的な音がして、ついに画面は暗転した。その瞬間、俺の中でも何かのスイッチが切れた。俺は人形のように、脱力した全身を床に投げ出した。

涙が、止まらなかった。

「——わかったろう？」

床に顔面を擦《こす》りつけながら、俺は嗚咽《おえつ》した。

「あの新聞記事だけで、どうして秋絵じゃないと判断できたか、わかったろう？」

俺の声は震えていた。涙と、怒りと、あらゆる感情で震えていた。

「あの記事には、『若い女性』と書いてあったろう？」

俺は破れかぶれの気持ちで、暗い画面に指を突きつけた。

「――彼が秋絵なんだよ」

33　片眼の猿

俺は床に大の字に寝転んでいた。俺の頭を、冬絵の膝が支えていた。俺は何度か、死体が喋《しゃべ》るような声で、冬絵に謝罪をした。乱暴な行為をしてしまったことを詫《わ》びた。そのたびに、冬絵は俺の顔を見下ろして首を横に振った。

俺の姿が視界に入らないようにしているのか、帆坂くんは部屋の隅でじっと床に視線を据えていた。

俺と秋絵の関係をひと言で説明するのは難しい。

「恋愛感情じゃない。俺はノーマルだ。俺たちのあいだにあったのは、友情なんだ」

八年前、秋絵は新宿の裏通りで働いていた。二丁目の、よくある店だ。そこへ出勤する途中、秋絵はビル街にある小さな公園で、いつもベンチに座り、一人で鳩を眺めていた。俺は町中を飛び回るようにして仕事をこなしながら、そんな秋絵の姿を、ときおり見かけた。そして、ずっと、気になっていた。

「異性として、という意味じゃない。もちろんそのとき俺は、あいつを女性だと思い込んでいたよ。奇麗な人だな、って。でも俺が気にしていたのは——」

秋絵の様子だった。足先をうろつく鳩たちに、ぼんやりと向けられたその目は、とても寂しそうで、哀《かな》しそうだった。

ある小春日和《こはるびより》の日、俺は思い切って秋絵に声をかけた。

「どうしても知りたかったんだ。気になって仕方がなかった。あんなに奇麗な女が、いったい何を哀しんでいるんだろうってね」

「秋絵さん……ほんとに奇麗だったものね」

冬絵は床に置かれた秋絵の写真に目を落とす。俺はつづけた。

「俺はいつも、他人に話しかけるときには、相手が自分に差別的な目を向けてくることを覚悟している。実際、大抵の連中は、この耳を見て、そういう目つきをするんだ。でも、秋絵は違った」

あのときの秋絵の表情を、俺はいまでも憶《おぼ》えている。はじめは驚いて顔を上げ——俺の顔を見た瞬間、さらに驚いて身体を強張《こわば》らせ——それから優しく微笑《ほほえ》んだ。ほかの人間が見せるような、自分の中に湧いた差別的な感情を意識的に打ち消そうとする、あの嫌な微笑ではなかった。それは、まったく素直な笑顔だった。

「いびつな者同士――何か、通じ合ったのかもしれないな」

俺たちは公園のベンチに並んで座り、他愛のない会話を交わした。

「そのときになってもまだ俺は、あいつが男だなんて気づかなかったよ。背が高いなとか、声がハスキーだなとは思ったけどね。おかしいだろ？」

いまさらながら、俺は笑った。冬絵も少しだけ笑みを洩らした。

「そのうち、秋絵のほうから俺に教えてくれた。自分は男なんだって。俺はとんでもなくびっくりして、ベンチから転げ落ちそうになったよ。でもそれと同時に、あいつがいつも哀しげな顔をしていた理由がようやくわかった。秋絵の悩みは、あいつの身体だったってわけだ。子供の頃から、ずっと消えない悩みだったらしい。何年も何年も、あいつは自分の身体と同じ重さの哀しみを抱えて生きてきたんだ」

秋絵がそれを話してくれたことで、俺たちはいっぺんに打ち解けた。とくに約束をしたわけではないが、毎日のようにその公園のベンチでいっしょに昼間の時間を過ごすようになった。

――どうして、鳩を見てるんだ？――

あるとき俺は訊《き》いてみた。

――好きなの、鳩が――

秋絵はそう言って横顔で笑った。

——鳩の、どこがいいんだ?——

秋絵は俺の質問には答えず、かわりに足先にうずくまる鳩を眺めながら俺に訊き返した。

——鳩の雄と雌の見分け方、知ってる?——

唐突な言葉に、俺は首をひねった。

——羽の色が違うのか?——

——外れ。羽の色は変わらない——

——卵を産むのが雌だろう——

——産む瞬間なんて、まず見られない——

——じゃあ、卵を温めているのが雌だ——

——残念。鳩は雌雄が代わりばんこに卵の面倒をみるの——

——ならどうやって見分けるんだ?——

——答えはね——

秋絵は薄く笑った。あの侘《わび》しげな笑顔を、俺はきっと一生忘れることができないだろう。

——誰も、見分けようなんて思わないの——

それきり秋絵は黙り込んだ。そして、ずいぶん経《た》ってから、死んで鳩になりたいと小さく呟《つぶ》いた。

そのとき俺は思った。この人も片眼の猿なんだと。

「片眼の猿……」

「ヨーロッパの民話だよ。いつだったか、あの『地下の耳』のマスターに聞いたんだ。あの人は変な話に詳しくてね」

昔、九百九十九匹の猿の国があった。

その国の猿たちは、すべて片眼だった。顔に、左眼だけしかなかったのだ。ところがある日その国に、たった一匹だけ、両眼の猿が産まれた。その猿は、国中の仲間にあざけられ、笑われた。思い悩んだ末、とうとうその猿は自分の右眼をつぶし、ほかの猿たちと同化した——。

そんな話だった。

「なあ、猿がつぶした右眼は、何だったと思う？」

俺が訊《たず》ねると、冬絵は戸惑ったように首をかしげた。

「俺はこう思うんだ。猿がつぶしたのは、そいつの自尊心だったんじゃないかって」

冬絵は俺を見つめたまま、黙っていた。

「秋絵もまた、自分が周りの人間と違うことに思い悩んで、自尊心という右眼をつぶそうとしていた。でも、それをやってしまったらお終《しま》いなんだ。自尊心を失《な》くしてしまったら、いずれ心はずぶずぶに腐ってしまう。そしてそんな心は決まって、悩みの解決を、ある安易な方向に求めてしまう」

「どんな方向……？」

俺は冬絵から視線をそらせて言葉をつづけた。

「ある日、俺がその公園に行ってみると、いつものベンチに秋絵の姿はなかった」

冬絵に話しているのか、独り言なのか、自分でもわからなかった。

「嫌な予感がした。あいつの暮らしていたアパートの場所は、以前に聞いていたから、俺は仕事を放り出してそこへ向かった。ドアの前に立って、ノックをしたけど、返事はなかった。ドアには鍵《かぎ》がかかっていた。俺は自分の予感を信じて、すぐさま仕事鞄《かばん》から解錠道具を取り出して鍵をあけた。玄関に入ってみると、カーテンの引かれた薄暗い部屋の奥に、血まみれの秋絵が転がっていた」

俺は大声を上げながら部屋に飛び込んだ。秋絵は手首を切っていた。しかし身体はまだ温かかった。俺はすぐに救急車を呼び、秋絵は救急病棟に担《かつ》ぎ込まれた。

「命に、別状はなかった」

そのことを俺は喜んだが、秋絵は喜ばなかった。

病室のベッドで薄目をあけ、そこに立っている俺を見つけたとき、秋絵は事態を察したようだった。何も言わずに俺を見つめたまま、秋絵はただ哀しそうな顔をした。

体力が回復するのを待って、俺は秋絵の話を聞いた。

「働いていた店の経営者から、店を辞めるよう通告されたらしい。以前から、客の前で、あいつはどうしても笑顔がつくれなかったようなんだ。俺もよくはわからないけど、ああいう店で働くホステスってのは、容姿よりも、客を楽しませる力量のほうが重視されるらしい。『女に近い』ことなんて、二のつぎなんだそうだ」

秋絵は俺に、自分は何度でも手首を切るつもりだと言った。もうこの世界で生きるつもりはないと。自暴自棄になっているのではなく、自尊心を失くした心が冷静に考え尽くした末の結論であることが、淡々とした秋絵の口調からわかった。

「いっしょに暮らそうと提案したのは、俺だった。もちろん出ていきたかったらいつでもそうしてくれて構わない、ただ、しばらく俺のところで生活してみないかって。そのとき秋絵は、死ぬこと以外のすべてに無気力になっていたから、別段反対はしなかった」

勤めていた店を辞め、俺と暮らすようになって、秋絵の状態は徐々に落ち着いていった。ひやかし半分に遊びにくる、アパートの連中のおかげもあったのかもしれない。その頃はまだ帆坂くんはいなかったし、トウミやマイミは幼稚園児だった。――一ヶ月もすると、秋絵はときおり心からの笑顔を見せてくれるようになった。ある夜、俺が仕事から戻ってくると、秋絵はソファーの上でアルバイト情報誌を読んでいた。

――女の人として雇ってもらおうと思って。アルバイトなら社会保険なんかもないから、本名じゃなくてもばれないでしょ？――

それも、一つの考えかと思った。なにしろ出会ったばかりの頃は、俺も秋絵の性別が男だとは気づかずにいたくらいなのだ。

「俺は賛成した。そして実際にやってみると、予想以上に何の問題も起きなかった。秋絵は女性として、小さな商社で、アルバイトの事務員として働きはじめた。あいつの表情は日に日に活《い》き活《い》きしてきた。何の問題もなかったんだ。あのまま何事も起きなければ――」

俺は冬絵の膝《ひざ》の上で首を回し、壊れたノートパソコンに目をやった。

あの映像を突きつけられた秋絵は、どれほど哀しい気持ちになったことか。

おそらく四菱エージェンシーのスタッフは、秋絵が一人でいるときに、あれを渡したのだろう。あるいは、直接渡さず、アパートの郵便ポストに入れておいたのかもしれない。取引をもちかける手紙とともに、白い封筒に入れて。赤いテープで封をして。秋絵はそれを、郵便物を覗《のぞ》きに行ったときにでも見つけた。

動画はCD－Rにでも落としてあったのだろうか。秋絵はどこでそれを見たのだろう。あいつのアパートにパソコンはなかったから、恐らくはこの部屋で、俺が仕事に出ているときに見たのだろう。あるいは、封筒に入っていたのは、静止画像をプリントアウトしたものだったのかもしれない。それならどこでだって見ることができる。

いずれにしても、自分と同じ重さの哀しみを背負いつづけていた秋絵の肩は、そいつのせいで、とうとう砕けてしまったのだ。

「秋絵は、ふたたび死を決意した。そしてこんどは、俺にそれを止めて欲しくはなかった。だから何も言わずに、ここを出ていった」

俺は身体《からだ》を起こし、冬絵に向き直った。

「秋絵は山で首を吊《つ》ったとき、運動着姿で、髪を短く切っていたんだ。持ち物はほとんどなくて、財布くらいのものだった。――どうしてだと思う？」

冬絵はゆっくりと首を横に振った。

「あいつはきっと、両親のことを考えたんだ。東京に出ていった自分たちの息子が、自殺をしたというだけでもショックなのに、その遺体が女の服を着て髪を長く伸ばしていたと知ったら、両親はさらに驚き、思い悩む。秋絵はそれが嫌だったんだ。だから わざわざ服を着替え、髪を切って首を吊った。自分が東京で、どんな生活をしていたのかを悟らせないように。バッグも、たぶんどこかに捨てたんだろうな。化粧品なんかが入っていただろうから」

秋絵は、優しい人だった。

「秋絵さんが男性だったってこと、私に話してくれなかったのは、どうして?」

「べつに、深い理由はないさ。最初にほら、流し台の下に仕舞ってあった、大きさの違う茶碗《ちゃわん》や箸《はし》を見たとき——きみは勘違いしただろう?」

「てっきり、昔の恋人かと思った」

「敢《あ》えてこっちから訂正するのもおかしいかと思って、そのまま黙ってたんだ。あいつは男だよ、なんて言って、変な誤解をされても、弁解するのが面倒だしな。だいいち、あいつが男だったのは身体だけだ。心も仕草も、すべて女だった」

だからこそ俺は、冬絵の仕事によって命を絶った「愛人」が、秋絵なのではないかと考えたのだ。男の恋人を何人か持ったことがあると、秋絵は俺に話してくれたことがあった。

「秋絵さんっていうのは、本名？」

「まさか。本名はたしか……宗太郎だったかな？　秋絵ってのは、お祖母《ばあ》さんの名前らしい。死んだお祖母さんのことが、あいつは大好きだったんだ」

もっとも、俺にとって秋絵は秋絵以外の何ものでもなかった。

「ねえ――この部屋、ほかにパソコンはないの？」

どこか決然とした表情で、冬絵は俺に向き直った。

「どうしてだ？」

「もう一度データをひらいて、七年前のこの仕事を誰がやったのか確認して――」

俺は首を横に振った。

「必要ないさ」

声に力が入らず、溜息《ためいき》のようになってしまった。

「もう、いいんだ。いまさらそいつを捕まえて締め上げたって、警察に突き出したって、何の意味もない」

俺は気がついていた。

秋絵の死の真相を知りたいと俺が思っていたのは、それに冬絵が関わっていたのではないかという疑念があったからこそだったのだ。真相を知ったところで、死者は戻ってこない。俺が知りたかったのは、冬絵が過去において、俺の大切な友人を不幸に陥《おとしい》れたのかどうかという、その一点だったのだ。それだけだったのだ。

もちろん冬絵は別の仕事で、別の人間を死に追いやっている。しかしそのことについては、俺はとやかく言える立場ではない。

「ほんとに、いいの？」

俺はうなずいた。

「あのデータは、四菱エージェンシーにそのまま返却する。コピーも取らない。俺はもう、この件に触れるのはやめるよ」

もちろん、滋賀に暮らす秋絵の両親が、息子の自殺の真相を知りたがっていることは承知していた。しかし、この事実を彼らに教えることは、俺にはとてもできない。

34　ジョーカーの正体

いよいよ、残るもう一つの問題――黒井楽器での殺人事件について、冬絵に訊ねるときが来た。彼女はその件に、いったいどのように関わっているのか。彼女は果たして、あの村井という男を殺したのだろうか。

──が。

俺の思考回路は、どうにも上手《うま》く働いてくれなかった。考えるべき問題、問いただすべき問題に、すんなりと移行することができなかった。

ある一つの言葉が、頭の隅に引っかかっていたのだ。俺はその言葉を、これまで微《かす》かに意識しながらも、別段重要な意味を持つものだとは考えずにいた。しかしここにきて、それが俺の頭の隅でぷるぷると震えながら、自分の存在をにわかにアピールしはじめたのだ。

それは、先ほどパソコンの画面で見た、あの新聞記事の中にあった言葉だった。

福島県の山林で若い女性が──。

山林で若い女性が。

若い女性が。

「若い女性……」

俺は呟《つぶや》いていた。冬絵が不安げに俺を仰ぎ見る。

「あの新聞記事のこと？　でもあれは、秋絵さんとは関係が──」

「いや、違うんだ」

俺は片手を上げて遮った。

「秋絵のことで、引っかかってるんじゃないんだ。昔の出来事じゃなく、いま起きている事件のほうで、何か……ん、待てよ」

かち、と頭の中で最初の音がした。

「あれ……」

つぎの瞬間、それまでごちゃまぜになっていた、すべての不可解なピースたちが、かちかちとピラミッドのように整然と積み上げられていくのがわかった。あるべきピースが、あるべき場所に。そして、三角形の頂点に乗っかった最後のピースには、見知った絵が描かれていた。それは、ふざけた格好で踊る、あのジョーカーの姿だった。

ジョーカー。

あいつ――。

「冬絵、確認してもいいかな」

頭の中のピラミッドを眼球の裏側でじっと観察しながら、俺は慎重に質問をはじめた。

「きみはもしかして、黒井楽器の村井が殺された日、午後十時頃、四菱エージェンシーに依頼された別の仕事をしていたんじゃないのか？」

俺の言葉に、冬絵は戸惑いの表情を浮かべた。

「だから俺が、その時間に何をやっていたのかと訊《き》いたとき、答えることができなかった。そうだろう？」

少したらってから、冬絵はうなずいた。

「――三梨さんの言うとおりよ」

「きみはその時間、ある強請《ゆす》りのターゲットと、どこかで待ち合わせをしていた。違うか？」

冬絵は俺の眼をじっと見つめたまま、小さく首を縦に振った。

「違わないわ」

「きみがそのターゲットを脅迫するのは、それが初めてじゃなかった」

「ええ。最初の強請りが上手くいって――二度目も成功して――それが三度目だった。その日の夜十時に、私はターゲットから三度目のお金を受け取るはずだった」

「しかし、いくら待ってもそいつは待ち合わせの場所に現れなかった」

こんども冬絵は否定しなかった。

「ネタは何だったんだ？」

「社内資金の横領よ。ターゲットは、会社の経費を大量に使い込んでたの。私はその調査を、あるクライアントから依頼されてた。そして調査した結果、実際に横領が行われていたことを示す証拠を掴《つか》んでいた」

「しかしきみは、その証拠をクライアントには提出せず、逆にそれをネタにターゲットを強請っていたんだな?」

「そう。四菱エージェンシーの、おきまりのやり方よ」

「調査を依頼したあるクライアントってのは――」

俺の視線を、冬絵は苦しげに受け止めていた。

「殺された、黒井楽器の村井だな?」

冬絵は静かに、しかしはっきりと、顎《あご》を引いてうなずいた。

「なるほど……そういうことだったわけか」

なんて単純な構造だったのだろう。四菱エージェンシーの二階のドアから飛び込んだときもそうだが、俺はいつも、呆《あき》れるほど単純な手に引っかかる。

「トウヘイのカードの意味が、ようやくわかったよ」

トウヘイが俺に渡した、あの二枚のカード。ジョーカーとスペードのエース。スペードのエースは、やはり殺人に使われた凶器の包丁を示していたのだろう。しかし、どうやらジョーカーの正体は、被害者の村井のことではなかったらしい。

俺は膝を立て、玄関に向かった。帆坂くんが慌《あわ》てて声を上げる。

「三梨さん、どこに行くんです？」

「ちょっとそこまでジョーカー退治だ」

冬絵が立ち上がり、俺の手を取って引き止めた。

「三梨さん、もう放っておいたほうがいいと思う」

「きみは、殺人犯になりたいのか？」

俺のひと言に、冬絵は唇を結んで弱々しい表情を見せた。

「穏便にやるさ。約束する。帆坂くん——彼女に熱いお茶でも淹《い》れてやってくれよ」

俺はすぐに戻ってくるから」

「あの、でも——」

「冬絵。お茶を飲みながら、帆坂くんにゆっくり事態を説明してあげてくれ。彼は心配事があると焼き豚をつくる癖があるから」

俺は事務所のドアを出た。

35　我慢の限界はいとも容易《たやす》く

俺がデスクへと近づくと、刈田は椅子《いす》の上でぐっと上体を引いて口許《くちもと》を引き締めた。

「三梨くん、きみ、いまさら何――」

「何をしに来たのか、ここで答えてもいいのか？　俺はべつに構わないぞ」

半口をあけたままの刈田の顔は、太い首の上でみるみる赤くなっていった。ぎょろ眼がさらに大きくなり、白目の部分に細かい血管が浮き出てくる。

「お、屋上にでも……行こうかね」

刈田は慌てて立ち上がると、サッサッと短いズボンの裾《すそ》を鳴らしながら真っ直《す》ぐにオフィスを出ていった。俺はその後ろへつづく。

屋上には誰もいなかった。俺はコートのポケットに両手を突っ込み、前置きなしに切り出した。

「あんた、警察や新聞社に手紙を送りつけたよな？」

刈田はきょときょとと視線を散らしてから、うんと咳払《せきばら》いをし、いかにも何でもないことのようにうなずいた。

「ああ、あれか。そう、送ったよ。あれは私がやったんだ。だってほら、殺人犯の逮捕に協力するのは当然だろう。この前もそう言ったじゃないか」

「どうして『タバタという若い女』だと思った？」

質問の意味が理解できなかったらしく、刈田は首を突き出してぱちぱちと瞬《まばた》きをした。俺は言葉をつづけた。

「あの匿名《とくめい》の手紙は、『黒井楽器の殺人事件の犯人は○○という若い女です。僕は見ていました』という内容のものだった。新聞で伏字になっていた○○の部分は、タバタの三文字だ」

「だ、だってそれは、きみ自身が聴いた名前じゃないか。あの夜、村井のところにやってきたのは、タバタという名前の女だったんだろう？　私はきみからそう聞いた」

「そのとおり。まったく正しい。たしかに俺はそう言った」

俺は刈田の顔を見据えた。

「つまり俺は、『若い女』なんてひと言も言っていないってことだ」

刈田は気持ちのいいほどに、思い切り絶句した。

「あの夜俺は、女の姿なんてもちろん見ていない。犯行の様子を、この場所から、この耳で聴いていただけだ。夜十時前に村井の携帯に電話をかけてきたのがタバタという人物で、電話機から微かに洩《も》れ聴こえてきた声とハイヒールの音からして、それが女性だろうとは思った。しかし、それだけだ。その女が若いかどうかなんて、俺にもわからなかった。――それなのに、あんたはどうして若い女だと思ったんだ？」

俺は刈田に一歩近づいた。刈田は二本足で立たされたブルドッグのように、おたおたと数歩後退した。

「警察には喋《しゃべ》らないと約束する。商売柄、俺もあの連中とはあまり関わりたくないからな」

一瞬、刈田の眼に安堵《あんど》の色が映った。しかしそれはすぐに、警戒するような目つきに変わった。顎を引き、じっと黙り込む。

「俺が、信用できないか？」

相手は無言のままだった。俺はさっきから、肉づきのいいその顔面を思い切り殴りつけたい衝動にかられていた。しかし、冬絵に「穏便にやる」と言って出てきた手前、あくまで冷静に話し合わなければならない。仲間に嘘《うそ》をついてはいけない。

「まあ、探偵を信用できないあんたの気持ちもわかるよ。なにせ探偵に強請りをかけられて、同じネタで二度までも金を持っていかれたんだからな」

刈田の二つの目玉が、顔から飛び出てくるのではないかと思った。人間の眼がこんなに大きくひらかれるのを俺は初めて見た。息を荒くして、唇をおののかせ、刈田は掠《かす》れた声で、し、し、し、と繰り返す。

「――知っていたのか？」

「ついさっき知ったんだ。あんたはこの谷口楽器で、社内資金の横領をつづけていたんだな。それを、どういう経緯があったのかは知らないが、ライバル社である黒井楽器の村井に勘づかれた。村井は四菱エージェンシーの田端という女探偵を雇い、あんたの身辺を調べさせた。女探偵は調査の末、あんたが実際に社内資金の横領を行っていることを突き止め、その証拠を手に入れた。しかし彼女はそれをクライアントである村井に報告せず、かわりにあんたに取引を持ちかけた。違うか？」

俺はひと息にまくし立てた。刈田は口をあわあわさせながら、ただ俺の顔を睨《にら》み返すばかりだった。俺はわざと相手に聞こえるように溜息《ためいき》をついて、ポケットから携帯電話を取り出した。

「俺に話す気がないのなら、仕方がない。不本意だが、警察の力を借りて――」

刈田が飛びつくようにして俺の腕を摑んだ。

「わ、わかった！　話す！　ぜんぶ話す！」

そして、刈田は話した。

彼が横領していた会社の資金は、通算で一千万を超えていたらしい。

「年で計算すると、それほどでもないんだが、なにせここ五年間ほどつづけていたもんで、その……な」

刈田はすっかり横柄《おうへい》さを失い、ひもじいガマ蛙《がえる》のように背中を丸めてしょんぼりしていた。俺はコートのポケットに手を突っ込んだまま、そんな刈田を見返していた。

「で、黒井楽器の村井が、それを嗅《か》ぎつけたというわけか」

「ああ。奴《やつ》はどうも、私たちがときおりものすごく高級な料理屋で食事をしているのを、見かけていたようなんだ。それでまあ、何かあるんじゃないかとな、疑ったらしい」

「私たち、というのは？」

刈田は俺から視線をそらし、ま、ま、まき、と言ってからこほんと咳払いをした。

「牧野くんだ」

「なるほどね」

彼女が話に出てくることは予想していた。あの、経理部の女だ。エレベーターに残っていた香水の匂《にお》いを憶《おぼ》えている。

「村井は、私たちがやっている横領の証拠を摑めば、この谷口楽器を叩《たた》きつぶす格好の材料になると考えたんだ。メーカーなんてものはほら、ちょっとまずい評判が立てば、容易く勢いを失ってしまうから……」

谷口社長も同じようなことを言っていたっけ。

「そして、村井は田端という女探偵を雇ってあんたの身辺を調べさせた。女探偵はあんたが社内資金を横領している証拠を手に入れ、それをネタにあんたを脅迫した。あんたは取引に応じ、相手に金を払った。しかし脅迫はそれだけでは終わらなかった。相手は二度目の取引を強要してきた。二度目の取引のあと、あんたは考えた。このままではまずい。いくら払ってもきりがないんじゃないか。そこで、一計を案じた。もし田端という女が三度目の脅迫をしてきたときには、ある計画を実行し、邪魔者二人――村井と田端を、同時に始末してしまおう」

黒井楽器の村井を殺すことで、横領の事実に勘づいている人間を消せる。そしてその罪を田端――つまり冬絵に着せることで、脅迫にも終止符を打つことができるというわけだ。

刈田は悄然《しょうぜん》と肩を落とし、赤ん坊のような手でのろのろと顔を撫《な》で擦《さす》った。

「もともとは、牧野くんが言い出したことだったんだ。彼女の口からその計画を聞いたとき私は、なんて素晴らしい解決方法があったんだろうと喜んだよ。彼女の話し振りが、じつにその、あれだ……上手だったんだ。ほんとにすごく、上手だった。一石二鳥の、どこにも穴のない、完璧《かんぺき》な計画のように、私には聞こえた」

「そしてあるとき、とうとう田端という女探偵があんたに三度目の脅迫をしてきた。

あんたは牧野にそのことを話し、二人で例の計画を実行することを決意した。犯行の予定時刻は午後十時。田端が取引に指定してきた時間だ」

俺にすべて知られていることを悟って諦《あきら》めたのか、刈田はうつむいて、毛のない頭頂部を見せていた。

「犯行当日の昼過ぎ、まずは牧野が、田端だと偽って村井の携帯に公衆電話から電話をかけた。村井の携帯の番号なんて、共通の取引先に訊《き》けばすぐにわかっただろう。牧野は村井に、その日の夜十時、一人でオフィスにいるよう伝えた」

村井は自分が調査を依頼している谷口楽器の横領の件で、何か報告があるのだろうと思い込み、疑いもなく了解したことだろう。

「いっぽうで、あんたは俺に、村井が喫茶店で誰かと電話で話しているのを聞いたなどと吹き込んで、犯行予定時刻である夜十時に、俺が村井のオフィスを盗み聴きしているよう仕向けた。俺はすっかりあんたの言葉を信用し、その夜はこの屋上で、じっと黒井楽器の内部に聴き耳を立てていた」

刈田は微《かす》かに首を縦に揺らした。

「夜十時前、牧野はもう一度田端を名乗って公衆電話から村井に電話をかけ、これからオフィスに行くと伝えた。村井は警備室に内線電話をかけ、警備員をビルの外に追い出した。――ここでいよいよ、村井を殺すために包丁を持ってビルに侵入だ。これは、おそらくはあんたの役目だった。ヒールを履いてビルに入っていったのは、あんただ」

刈田は否定しなかった。ヒールを履いた冗談のような刈田の姿をなるべく想像しないようにして俺はつづけた。

「あんたはビルに侵入し、村井のいる企画部の前まで行き着くと、包丁の柄か何かでコツコツ壁を叩き、相手を廊下に誘い出した。そして相手がドアから出てきたところを、ぐさり！」

俺がそう言った瞬間、刈田は両手で自分の腹を抑え、うっと苦しそうに顔を歪《ゆが》めた。だがどう見てもそれは演技で、しかも俺に対して後悔をアピールするためのものらしかったので無視した。

「ビルから出てきたあんたは、凶器の包丁を封筒に入れて丸め、近くのゴミ集積所に、これ見よがしに放置した。その封筒は、田端があんたを脅迫した際に使ったものだった。横領の証拠書類でも入っていたやつだろうな」

そしてその夜のうちに警察は凶器を発見し、封筒から一つの指紋を検出した。刈田がわざと拭《ふ》き残しておいた、冬絵の指紋だ。封筒のどこに冬絵の指紋がついているかは、それを直接手渡された刈田ならすぐにわかったはずだ。

「それからあんたはふたたびこのビルに戻り、わざわざ屋上にいる俺のところまで、ホットコーヒーを運んできた。あれは、自分はずっとオフィスにいたのだと俺にアピールするためだった」

あのコーヒーで身体《からだ》を温め、少しでもありがたい気持ちになったのが忌々《いまいま》しい。

「そんな人殺しが行われているあいだ、田端は待ち合せの場所で、じっとあんたを待っていた。もともと現金と証拠書類の受け渡しに選んだ場所だ、人気《ひとけ》のない、静かな場所だったんだろう。人気がないということは、そこで彼女を目撃した人間を探すことは困難だということだ。つまり、彼女には村井が殺された時間帯のアリバイがない」

事件の翌日、俺の口から村井殺害の一部始終を聞いたとき、おそらく冬絵は刈田たちに嵌《は》められたことを知ったのだろう。しかし同時に、嵌められたその状況をどうすることもできないのだと気づいた。たとえそのことで刈田を追求しても、シラを切られればそれまでだし、警察に訴えようにも、自分のやっていた仕事のことまで説明させられるのは免れない。だいいち、その時点では警察の疑いが完全に自分に向けられているわけではないのだから、下手に動くのは危険だ。刈田や牧野からも、遠ざからざるをえないというわけだ。

「あんたたちの考えたこの計画には、どうしても必要なものがあった。見てはいけない目撃者の存在――つまり、俺だ」

だから俺は、谷口楽器に雇われたのだ。刈田は、冬絵からの二度目の脅迫に遭ったあと、社長の谷口に、俺を雇い入れる提案をしたのだろう。黒井楽器がデザインの盗用をしている可能性があるなどという、適当な理由をつけて。

「ほんとうは、デザイン盗用の疑いなんてなかったんだろう？　俺を雇う理由なんて、何でもよかったんだ。いつか田端という女探偵が三度目の脅迫をしてきて、あんたたちが計画を実行することになったとき、俺を殺人の目撃者にすることだけが目的だった」

つまり、殺害の現場を俺に盗み聴きさせ、「犯人はタバタという女だ」と思い込ませることができればよかったのだ。そうした上で、俺に、警察への情報提供を促せば万事ＯＫ。そんな、単純で品のない計画だった。

探偵を雇うことを谷口社長に納得させるのに、楽器デザインの盗用という理由を使ったのは、まあ悪くなかったかもしれない。もともとそれほどデザインにバリエーションのない品物だけに、刈田がぺらぺらと上手《うま》いこと説明するだけで、あの社長もなんとなくそんな気になってしまったのだろう。

「谷口社長はあんたの言葉を信用して、俺に調査の依頼をした。俺は日々黒井楽器の内部を盗み聴きし、ありもしないデザイン盗用の証拠を探っていた。しかし何の調査結果も得られなかった。当然だ、デザイン盗用の事実なんてありもしないんだからな。俺はその旨《むね》をせかせか報告書に記載し、あんたに提出していた。しかしあんたはその都度、報告書を改竄《かいざん》し、いかにも黒井楽器がクロかもしれないというような内容に書き換えた上で、谷口社長に渡していた」

どうも、おかしいと思ったのだ。

——きみが提出してくれたこれまでの報告書も、もう利用するつもりはない。せっかく頑張ってやってくれたのに、残念だよ——

今朝、黒井楽器の近くで谷口に会ったとき、彼はそんなことを言っていた。しかし、俺の報告書を利用するも何も、俺はその依頼に関してはまったく何の成果も得られていなかったのだ。これまで提出した報告書にも、俺ははっきりとそう書いていた。楽器デザインの盗用の証拠らしきものは、まだ一つも見つかっていないと。

刈田が俺の報告書を改竄していた理由は簡単だ。楽器デザインの盗用を調査するために雇ったはずの俺が、いつまで経《た》っても何の調査結果も得られないのでは、谷口が俺との契約を解除すると言い出すのではないかと心配したからだ。せっかく計画の実行に備え、俺を雇い入れるよう画策したのに、その前に俺がお払い箱になってしまったら意味がない。

そして、俺はまんまと利用され、犯行の一部始終をこの耳で聴くこととなった。まさに二人の計算どおりに。しかし、一つだけ刈田たちにとって予測外の出来事が起きた。

「警察が『おかしな男』を捜していると知ったときは、驚いたろうな？」

「ああ、あれにはびっくりしたよ……」

被害者の村井がビルの警備員を外に出す際、「おかしな男がビルの周りをうろついている」などという口実を使ってしまったため、警察の捜査は思いがけない方向へ進んでしまうことになったのだ。これは刈田たちにとっては予想外の出来事だった。

「だからあんたは、あんなにしつこく俺を促したんだな？　あの夜俺が耳にした一部始終を、早く警察に伝えるようにと。『犯人はタバタという女だ』ということを、早く報《しら》せるようにと。しかし、なかなか俺が言うことを聞かないもんだから、最後には自分で匿名《とくめい》の手紙を書いて警察や新聞社にばら撒《ま》いた」

刈田は襟から顎《あご》の肉をはみ出させてうなずいた。

「まあ……警察が『おかしな男』を捜しているうちに、もし何かの間違いで、私に疑いの目が向けられることになったら困るからな……」

どのへんが「何かの間違い」なのか訊き返してやりたかったが、面倒なのでやめた。

それにしても――。

俺は刈田の顔をじっと見直した。この男、自分たちの実行した計画に、どでかい穴があることに気づいていないのだろうか。だとしたら、とんでもない馬鹿《ばか》だ。

「参考までに訊くけど――あんた、今回の計画がものすごく失敗率の高いものだってことに気づいてたか？」

「え……」

刈田は絶句した。どうやら馬鹿だったらしい。

「もし警察の捜査が、実際に田端という女探偵に行き着いてしまったら、どうするつもりなんだ？　彼女はきっと、あんたたちに嵌められたということを話してしまうぞ。いまはたまたま捜査の進捗《しんちょく》が思わしくないから、彼女も自分から警察に訴えるようなことはしていない。自分のあくどい仕事の内容まで説明させられることになるからな。でも、殺人事件の容疑者として逮捕されるかどうかという瀬戸際《せとぎわ》に立てば、そんなことに構ってはいられない。すべての経緯をぶちまけてしまうだろう。そうなれば警察は、すぐさまあんたたちのところへ飛んでくるぞ。そのときにあんたたち、どうするつもりだ？」

「どうする？　どう……あ……あれ……？」

刈田は口をぱくぱくさせながら俺の顔を見つめていた。しかしやがて、よほどいいアイデアを思いついたというように、いきなりぱっと顔を輝かせた。

「証拠がないじゃないか。私たちがやったという証拠がどこにもない。な、ほら。ない」

どうだ、というように胸を張る。

「これ――何だと思う？」

俺はコートのポケットから右手を抜き出した。それまでずっと握っていたものを、刈田に見せてやる。

刈田は不思議そうに眼を細めた。

「それは、あれだろう？　いつもきみが頭に嵌めていたヘッドフォン……の片方だ」

「そう。じつは今日、ちょっとしたいざこざがあってな。そのときに割れちまったんだ。だが幸いにも、いろいろあった機能のうちの一部は残っていた」

俺の言いたいことに気づいたらしく、刈田の顔が瞬時に蒼褪《あおざ》めた。俺はつづけた。

「録音機能だけは、なんとか生きてる。これまでの俺たちの話は、ぜんぶこの中のレコーダーに記録済みだ」

「み、三梨くん……」

刈田は咽喉《のど》の奥から絞り出すような声を上げた。俺は掌《て》をかざし、言葉を継いだ。

「心配はいらない。いますぐこれを警察に提出するつもりはないからな。いざというときの場合に備えて、保管しておくだけだ」

「いざというとき……しかし三梨くん、警察の捜査はいずれ田端という女探偵に行き着いてしまうじゃないか！」

「あんたがそうさせたんだろう？」

「それはそうなんだが……でも」

「あとは、運を天に任せることだ」

俺は刈田に背を向けた。

これ以上この男の顔を見ていると、怒りが爆発してしまいそうだった。こいつは俺を、うまうまと利用していた。こいつは冬絵を殺人犯に仕立て上げようとしていた。こいつは人を殺して平然としていた。身近な誰かが死んでしまったときの、人の気持ちも知らずに。

別のことを考えよう——俺は大きく深呼吸をした。そして、ふと気がついた。いまの俺は、まるでドラマに出てくる探偵そのものだ。殺人事件の真相を暴《あば》き、真犯人とビルの屋上で対決——こんなシーンに、実際の探偵は一生縁がないと思っていたのだが。

「そうそう、刈田さん」

俺はドラマの探偵をやや意識して、くるりと振り返った。

「また下手なことを考えて、田端という探偵にあんたからちょっかいを出すようなことは、ないでしょうね」

刈田はしばらく考えてから、低い声で答えた。

「何もせずにいるのが……無難なんだろうな。こうなったら」

「俺も同感だ」

「大人しくしているよ……もう……ん？……そうだな。もう……下手に動くと、あれだし……どうしようもないものな。たとえば私が、ええと……ほら、たとえばまた匿名の手紙を書いたりしたら、かえってどつぼに嵌まる可能性だってある。そう、ある。とにかく私は、これ以上……あれだ……ええと……」

刈田の言葉は急に要領を得なくなっていた。

「あんた、何を言ってるんだ？」

「何を言ってるのかって？　私は、だから……つまり、これ以上……」

刈田の眼に、微《かす》かな光がきざした。直感というやつだろうか。俺はその光が、安堵《あんど》と、喜びと、残虐《ざんぎゃく》さの入り混じったものであることを瞬時に意識した。はっとして、素早く身体を反転させた——が、遅かった。

左胸に、ずん、という重い衝撃を感じた。

俺の目の前には、あの牧野が立っていた。頬を硬直させ、唇を震わせながら、彼女が両手で強く握っていたのは、馬鹿みたいに長い鋏《はさみ》だった。とがった刃の部分が、完全に胸を貫通している。先端が少し、背中から出ているのが、はっきりと感じられた。

「あんたら……地獄に落ちるぞ」

唇だけでそう呟《つぶや》き、俺は冷たいコンクリートの床に崩れ落ちた。胸に刺さったままの鋏の柄を、両手で摑《つか》む。俺は迷った。こういう場合、すぐに抜くべきなのだろうか。それとも抜かずにおいたほうが——。

「抜かないほうがいいぞ、いひははは！」

口に出して訊《たず》ねたわけではないのだが、刈田がヒステリックな笑いとともに教えてくれた。陽の傾きかけた冬の空をバックに、紅潮したその顔は、実際の何倍にも大きく見えた。

「血がどばっと出るからな。どばっと――いひひひひ！」

刈田はがばりと牧野に向き直り、「助かった！」と叫んだ。

「か、刈田さん……私……」

「心配いらん、死体を隠せばいいんだ。そう、隠せばいい。社員たちが帰るまで屋上の隅にでも置いておいて、夜中にどこかへ捨てにいこう、海だ、いや山だ、そう、山がいい、こんなゴミのような人間、山で腐ればいいんだ！」

言葉を並べながら、刈田はひたすら唇の両側をひくつかせている。牧野は蒼褪めた顔を俺と刈田に交互に向け、がたがたと全身を震わせていた。怯《おび》えている。自分自身のやってしまったことに驚いている。どうやらまったくの悪魔ではなかったようだ。

ただ、馬鹿なだけか。

「あんたら……」

俺はコンクリートに背中をつけたまま、口を動かした。

「知らないようだから、教えてやる……」

刈田は顔の筋肉をいびつに痙攣《けいれん》させながら言葉を返した。

「お、お、お前に教えてもらうことなんて何もない！」

「俺は……半日間、冷たい雪に埋もれていても、死ななかった……ヤクザみたいな連中の……事務所に殴り込んでも、生きて出てきた……」

二人の馬鹿は、馬鹿面《づら》を並べて俺を見下ろしていた。

「俺は……不死身なんだ……」

雄の馬鹿のほうが、笑い声を上げた。

「ふ、不死身！　うはは、聞いたか牧野くん、不死身だと！　なら……くく……なら……ぐぐ、起き上がってみろよ。お前、不死身なら、いますぐ起き上がってみろ！」

「ゆうべ、寝不足だから、もうちょっと横になっていたい気もする……」

「寝不足！　ひひ、寝不足！　おい探偵、サラリーマンの世界ではな、そんなものは言い訳にならんのだ、なあ牧野くん、そうだよな！」

「仕方ない……オフィスビルの屋上にいることだし……」

サラリーマンのルールに従うことにして、俺は起き上がった。

二人は沖縄のシーサーのように、並んで眼を剝《む》いた。

「こいつの胸板が厚くて助かった」

俺はコートの胸ポケットを覗《のぞ》き込んだ。牧野の突き刺した鋏の刃は、ものの見事に胸を貫いていた。四菱の厚い胸を。

これが貧弱な野原の爺《じい》さんのゴム人形だったら、俺はほんとうに死んでいたかもしれない。四菱の体格と、それを忠実に再現してくれたゴム人形の職人さんに、とりあえず感謝だ。

「マスターはああ言ったけど、捨てないでよかった」

俺は人形から鋏を引き抜き、呆然《ぼうぜん》と立ち尽くす牧野の手に返却した。牧野はロボットのようなカクカクした動きでそれを受け取った。くっきりとした二重瞼《ふたえまぶた》の両眼が、瞬《まばた》きも忘れて無感情に見ひらかれている。

「み……三梨くん……あの……あの……」

刈田が両手を身体《からだ》の左右に彷徨《さまよ》わせながら言葉を絞り出す。

「いまのは、忘れてやるよ。もう、あんたたちのことは考えたくもない」

「そ、そ、そうかい？　そりゃ、た、助かる……」

「約束も、あることだし」

冬絵に言ってきたのだ。穏便に済ませてくると。いくら相手が穏便とははるかにかけ離れた行動に出ようと、そんなことは関係ない。約束というのは、他人の言動で左右されてはならないものなのだ。

「そのかわり、あんたも約束してくれ。田端という探偵——彼女のことは、もう忘れるって」

「う、うん、わかった。わかったよ……」

せわしく首を上下させる刈田を一瞥《いちべつ》し、俺は踵《きびす》を返した。そして、その場を立ち去ろうとした。そう、立ち去ろうとしたのだ。俺はあくまで穏便に済ませようとした。怒りを呑《の》み込み、憎らしさを堪《こら》え。――それなのに。

「あの女の顔なんて、二度と見たくないからな……」

刈田は、余計なことを言った。

「忌々《いまいま》しい、あの顔……いつもサングラスで眼を隠していたが……はは、一度だけ見たよ。あの大きなサングラスの奥にあった眼を……」

振り返る。刈田は口許《くちもと》をにやつかせている。

「それは、どんな眼だった？」

参考までに俺が訊《き》くと、刈田はいっそう唇を歪《ゆが》めた。

「わ、私の好みとは正反対だったよ。一重瞼の、ち、小さな眼だった。だからあの女、サングラスなんてかけていたんだ。自分の顔に自信がないんだ。それで、心が歪んじまったんだ。そうだ、そうに違いない。自分の顔が嫌なもんだから、あの女は――」

俺の中で唐突に怒りのバロメーターが跳ね上がった。我慢の限界はいとも容易《たやす》く訪れた。身体が動いた。腰が回り、胸が前傾した。気がつけば俺は刈田の顔面を、渾身《こんしん》の力を込めた右拳《こぶし》でぶん殴っていた。刈田は、ぎゃ、という醜い鳴き声を放って後方へ吹っ飛び、コンクリートの床に後頭部から落下して、もう一度同じ声で鳴いた。両手を上げ、両足をひらいたその姿は、まさにガマ蛙《がえる》だった。牧野は口を少しひらいて俺に青白い顔を向けたまま、ただ駅前の銅像のように突っ立っているばかりだった。

俺は谷口楽器をあとにした。

36　大きなお世話

ミニクーパーのハンドルを切りながら俺は、あの小春日和《こはるびより》の午後に谷口楽器の屋上で耳にした会話を思い起こしていた。

――ところでお前、俺の最初の質問を憶《おぼ》えてるか？――

――ああ……　〝どうして犬は人間の数万倍も鼻が利《き》くのか〟だろ？――

俺と冬絵が出会うきっかけになった、二人のワイシャツ姿の男たちの会話。あれから一ヶ月と経《た》っていないのが、なんだか不思議に感じられる。

――そう、それだ。なあ、もう一度訊くけど、どうしてだと思う？――

——さあ……やっぱり、わからんな——

——正解は、単純なんだ——

——単純……——

——答えは、その顔のつくりにある——

——顔のつくり……——

——犬はな、鼻が大きいんだ。犬ってのは、顔の半分が鼻なんだよ……——

しばしの沈黙の後。

彼は大声で笑い出した。

——そんな怪談話みたいなことがあるわけないだろうが。本気にするな——

——なんだ、冗談か——

——当たり前だ。その女の眼は、一重で、小さかったよ。と言っても、まあ可愛《かわい》らしい顔立ちではあったけどな——

——じゃあ、どうしていつも電車の中で、一人で笑ってたんだ？　飛行機事故のあった時間に〝落ちる〟って呟いた理由は？——

——そんなもん、俺が知るわけがない——

——けっきょくはミステリーだな——

――どうでもいいミステリーだよ――

「ミステリーの答えなんて、いつも単純なもんだ」

　俺は鼻を鳴らしてハンドルを回した。空には見事な夕焼雲が浮かんでいる。靖国通《やすくに》りから路地裏へと入り、ローズ・フラットへ近づくと、正面玄関の前に冬絵の姿があった。足元にジャックがじゃれついて、健康なほうの顔面を、ごしごしと冬絵の膝《ひざ》に擦《こす》りつけている。俺は車を停め、冬絵に近づいた。

「よう。何やってんだ？」

「心配で、事務所でじっと座っていられなかったのよ」

　四菱エージェンシーの事務所でサングラスを割られてしまったので、俺の大好きな彼女の可愛らしい眼が、夕陽を映してきらきらと輝いていた。

「一応、ぜんぶ終わったよ。穏便に片づけてきた。詳しく聞きたいか？」

　冬絵は首を横に振った。

「無事に帰ってきたから、いまはもう満足」

「じゃ、いつか聞かせるよ」

「ねえ、それより、帆坂さんもみんなも心配してるわ。早く上に――」

　踵を返そうとする冬絵を俺は引き止めた。

「――ちょっと、訊いてもいいかな？」

冬絵は俺に向き直り、小首をかしげた。

「きみはこれから、どうするつもりなんだ？　いつか警察が、黒井楽器の殺人の件で、きみのところへ話を訊きに来るかもしれない。もちろんきみにかかった殺人の容疑を晴らす道具は、しっかりと手に入れてきたけどな」

俺はコートのポケットから、半分に割れたヘッドフォンを取り出した。先ほどの刈田との会話は、そこに録音されている。

「でもきみは、殺人の容疑を晴らそうとするのなら、きみのやった、あの仕事のことも警察に話さなきゃならないだろう？　つまり、刈田に対する強請《ゆす》りの件も」

「覚悟はできてるわ」

意外と気安い調子で、冬絵は答えた。

「そうなったときには、いままでやってきた悪事も含めて、すべて話しちゃうつもり。七年前に、一人の自殺者を出してしまったことも、ぜんぶね。どの道、私は償わなきゃならないんだもの。刑務所に入ることになると思う。そしたら、いつか出てきたときに、またファントムで雇ってもらうわ」

ここで初めて、冬絵は不安そうな顔を見せた。

「それとも、前科者は駄目？」

俺は思わず声を出して笑った。

「いまさら、そんなことを気にするわけがない」

「そうよね——三梨さんは、もう知っちゃってるんだものね」

薄く笑った冬絵の表情には、大きな後悔の色が浮かんでいた。

「ねえ、どうして三梨さんは、私に声をかけてくれたの？　私が四菱エージェンシーなんていう、ヤクザまがいの探偵社で働いていることを知っていて、どうして？」

「くだらない理由さ。きみとは——趣味が合うと思ったんだ」

「趣味……何の？」

「ラジオと、映画だよ。きみは、四菱エージェンシーの事務所に通う電車の中で、いつもラジオを聴いていただろう？　ほらあの、金曜の朝にマニアックなクイズ問題をやってる番組だ」

「ああ、あれ？　そうね、聴いてたわ。いつもにやにやしながら電車に乗ってた」

顔の両側に垂らした長い髪のせいで、例の黒井楽器の男には彼女のイヤホンが見えなかったのだろう。

「でも、どうして三梨さんがそんなこと知ってるの？」

「ちょっと小耳に挟んだんだ」

俺は適当に誤魔化した。

「とにかく、俺もあの番組が好きでね。いつも聴いてる。もっとも、ラジオがあるのは隣の部屋だけど」

「じゃあ、映画の趣味のほうは？　そういえばこの前、事務所にアパートのみんなが集まったとき、三梨さん私に、フルチの映画が好きだろって訊いたわよね。何でそんなこと知ってたの？」

「それも、ラジオ番組のおかげだ。いつかの金曜日――ちょうど航空機が阿蘇山《あそさん》に突っ込んだ日の朝――きみは通勤電車の中で、例のクイズに挑戦していただろう？　あの、映画監督の問題」

――とっても怖ぁい映画をつくった監督で、名前を逆さに読むと日本語になっちゃう人は誰？　ヒントは〝ザ・リング〟――

「あ、憶えてるわ。正解はたしか、ゴア・バービンスキー」

――はい、正解はゴア・バービンスキーでした！　あはは、ほら、名前をひっくり返すと〝顎《あご》〟になるでしょ？――

「そう。でもきみはルチオ・フルチだと思った」

だから彼女は電車の中で「落ちる」などと呟《つぶや》いたのだ。

「ラジオの音が悪くて、『ザ・リッパー』と聴き違えたのよ。フルチの映画では、あれがいちばん怖いわ」

「そんなことだろうと思ったよ。でも、おかげで俺は、きみがフルチのファンであることを知り、きみに興味を持ったってわけだ。マニアックな趣味において、同志は何よりも貴重だからね。そして俺は、こっそりきみのあとをつけた。すると驚いたことに、きみの職場は四菱エージェンシーだった。きみが探偵だったなんて思ってもみなかったから、そのとき俺は小躍りしたよ。そして、きみをファントムに誘ってみようと決めたんだ。趣味が合う人といっしょに仕事ができたら、楽しいんじゃないかと思ってね」

「なんだか――ずいぶんと下らない理由なのね」

冬絵はちょっと残念そうな顔をした。

「さっき、そう言ったろう？」

俺は笑ってみせた。

しかし、冬絵は俺の嘘《うそ》に気がついたようだ。

「ほんとにそれだけ？　ラジオと映画の趣味が合うってだけで、私に声をかけてくれたの？　ほかにも理由があったんじゃ――」

「まあ、それは……」

俺は一瞬迷ったが、正直に言うことにした。もう、誤魔化しても仕方がない。

「どうしても気になるんだよ、俺は――片眼の猿が」

「あの、自分の右眼をつぶしたっていう……？」

「そう。自尊心をつぶした、あの猿だ」

俺は冬絵を真っ直《す》ぐに見つめた。大きく息を吸い、吐き出す。柄にもなく、少し緊張してきた。

「きみは、自分の眼が嫌いなんだろう？　だからいつも、サングラスをかけて眼を隠している」

冬絵は片方の手を、そっと顔の前に添えた。

「前に話したでしょ。子供の頃、この眼を馬鹿《ばか》にされて、みんなに笑われたの。黒板に似顔絵を描かれたりして。私、それまでぜんぜん気にしたことなんてなかったのに、急に、気になり出した。そしたら、それを察したクラスメイトたちはもっと調子に乗った。私にいろんな、ひどいことを言った。ひどいことをした。たとえば――」

冬絵は俺に、その頃に自分が受けた、具体的な仕打ちを話して聞かせてくれた。それは、とても哀《かな》しく、痛々しいものだった。おそらく、その小さな加害者たちは、本気で冬絵の眼がどうこうなどと思ってはいなかったのだろう。ただ冬絵は、単に確率の問題で、何かのはけ口に選ばれてしまっただけなのだ。子供は、どこまでも残酷だ。冗談半分の攻撃が、人の一生を変えてしまうことがあるとも知らずに。

以前に見せてくれた、冬絵の髪の下にあるあの小さな傷を、俺は思い出した。飛び降り自殺未遂でできた、あの哀しい傷。

「それから、私はいつも顔を下に向けて過ごしてきた。写真にも絶対に写らなかった。そして大人になってからは、人前ではサングラスを外さないって決めたのよ」

「だから——ああいった仕事に就いた？」

「そうよ。サングラスをかけたOLさんなんて、いたらおかしいでしょ」

「きみのあとをつけて、様子を眺めているうちに、なんとなく、そんな気がしたんだ。きみをあんなところで働かせているのは、きみの持つ劣等感なんじゃないかって。だから自尊心をつぶして、強請りの仕事なんてしているんじゃないかって」

冬絵を尾行したときに見た、彼女の後ろ姿。横顔。仕草。そのすべてが、地面に映った影までもが、彼女の心の中を俺に見せつけていた。

「そのとおりよ。どうせうつむいて生きるのなら、悪い仕事をしてやろうって思ったの。悪い仕事でたくさん稼いで、私を笑ったみんなよりもたくさんお金を貯《た》めて……」

冬絵は顔を上に向けた。その声が、微《かす》かに震えて途切れた。

「秋絵も、片眼の猿だった」

俺は言葉を継いだ。

「あいつも、心と身体《からだ》の不一致から、自尊心を持てずに、けっきょくは自分の命を絶つようなことをしてしまった。だから俺は、きみみたいな人を見ると、とても哀しい気持ちになる。とても不安になる。大きなお世話かもしれないけどな」

冬絵は下を向いたまま小さくうなずいた。

「そう——大きなお世話だわ」

「何度も言うが、きみの眼は素敵だ。俺はほんとうにそう思うんだ。これはお世辞じゃないし、適当な言葉できみに自信をつけさせようなんていう打算でもない。俺はきみに言いたいんだ——きみの持っている劣等感は、単なる思い込みなんだって。きみのどこかに欠点があるとすれば、それは自尊心を持たずに生きていることなんだって」

こんな話をするつもりはなかった。俺の言葉が誰かを説得する力を持つとはとても思えなかったし、そもそもこういった話題は相手の心の傷をかえって広げてしまう場合のほうが多いことを、俺は誰よりもよく知っていた。それでも俺の口は勝手に動き、勝手な言葉を発しつづけた。

「このアパートの連中を思い出してみろよ。みんな、いつもわいわい楽しくやってる。占いをしたり、焼き豚をつくってきたり、酒を飲んだり、馬鹿にし合ったり」

「そうね。みんなとっても……」

冬絵は数秒、言葉を探した。

「強いわ」

「きみは何故《なぜ》、あの連中が、強く生きていられるんだと思う?」

俺の質問に、冬絵はただ首を横に振った。俺は正解を言った。

「気にしてないからさ。俺も、あの連中も、自分の身体のことなんて何も気にしてないんだ。だから、強い。野原の爺《じい》さんには鼻がないし、まき子婆《ばあ》さんには両眼がない。トウミには右腕がないし、マイミには左腕がない。帆坂くんは両足がないから、いつも車椅子《くるまいす》だし——トウヘイはトランプで俺たちを楽しませてくれるけど、難しいことを考えるのが苦手だ。でも、それで思い悩んでいる奴《やつ》なんて一人もいない。だから強い。だから明るいんだ。だからいつでも楽しそうなんだ」

野原の爺さんの鼻がなくなったのは、遊び回っていた頃に感染した梅毒のせいだった。病院にも行かず、しばらく放っておいたところ、鼻骨が菌に侵されて陥没してしまったらしい。梅毒に特有の症状だ。

まき子婆さんが両眼に大怪我《おおけが》を負ったのは、車の助手席で双眼鏡を眼にあてているときに、その車が衝突事故を起こしたからだと以前話してくれた。それを聞いた当時俺は、どうしてそんな奇妙な事故が起きたのだろうかと訝《いぶか》ったものだが、いまにして思えば、きっと野原探偵事務所にいた頃の、仕事中の出来事だったのだろう。さすがに訊《き》けないが、車を運転していたのはもしかしたら野原の爺さんだったのかもしれない。

トウミとマイミがそれぞれ片腕を失《な》くしたのは、彼女たちが幼稚園の頃だった。二人はいつも仲良く手をつないで歩いていた。その真ん中を、狂ったバイクが走り抜けた。病院で泣き叫ぶ母親の姿を、俺はいまでもはっきりと憶《おぼ》えている。しかしトウミもマイミも、強かった。信じられないほど心が強かった。彼女たちはすぐに新しい生活に順応し、母親や俺やアパートのみんなに、明るい笑顔を見せてくれた。

帆坂くんの足は、生まれつきの病気のため、赤ん坊の頃に根元から切断されたらしい。

——僕、幽霊みたいなもんですから——

冗談のように口にしたあの言葉には、二重の意味が込められていたのだろう。足がないこと。そして、家族のもとを去ったこと。帆坂くんは、父親が急逝《きゆうせい》したあと、周囲の大反対を押し切って北陸の田舎から一人この東京へ出てきた。母親や二人の弟の負担になるわけにはいかないと考えたのだそうだ。働く場所として俺の事務所を選んだのは、二階建てのくせにエレベーターがついているという、ローズ・フラットの珍しいつくりが気に入ったかららしい。

「このローズ・フラットは、隣の部屋のラジオが丸聴こえだし、ドアの前に誰かが立っていれば一発でわかってしまうような、見事なぼろアパートだ。だけど、楽しさだけはどんな高級マンションにも負けない。いっしょに暮らしていると、わかるんだ。奴らは誰も、自分の身体の特徴なんて気にしていない。相手の身体のことだってそうだ。素晴らしい連中だよ。奴らは片眼でも両眼でもない。眼の数なんて数えても意味がないことを知っている、素晴らしい猿だ。大した猿の集まりだ」

世間の人間は鳩《はと》を見て、ただ「鳩」だと感じる。雄だとか雌だとか、そんなことは気にしない。きっと、それと同じことなのだろう。このアパートの連中は人を見て、ただ「人」だと感じる。それだけなのだ。簡単なようで、手に入れることの難しいその大切な感覚を、彼らはしっかりと持っている。

「みんなを猿にたとえちゃ、悪いわ」

冬絵は少し笑ってくれた。

「野原の爺さんの鼻も、まき子婆さんの眼も、トウミやマイミの腕も、帆坂くんの足も、それから神様が悪戯《いたずら》したトウヘイの脳味噌《のうみそ》も、もう治すことはできない。でも、きみの心の傷は治る。傷ついた自尊心はいつでももとのかたちに戻すことができる。人間の心は、ほんとうは永遠に傷ついたりなんてできやしないんだ。はじめの傷が塞《ふさ》がろうとしたところに、また言葉を詰め込んで、尖《とが》った爪《つめ》で引っかいて、新しい傷を重ねているだけなんだよ。治るはずのものを治そうとしない人間を見るのが――諦《あきら》めている人間を見るのが、俺はほんとうに哀しいんだ。俺たちは、ほんとうに哀しいんだ」

冬絵が俺の言葉をどう受け止めてくれているのかは、わからなかった。彼女はただじっとうつむいて、ときおり唇を噛《か》んでいた。

「ねえ……訊いてもいい？　気に障《さわ》るだろうと思って、いままで質問せずにいたんだけど」

しばらく迷ってから、冬絵は遠慮がちに訊いた。

「三梨さんには、どうして耳がないの？」

俺は思わず吹き出した。

「まったくないわけじゃないさ。ちゃんと頭の横に二つ、穴があいてる。耳殻がないだけだ。耳としての機能も、普通の人間よりも少しだけ劣るけど、問題はない」

「そうね……」

「ほら、子供の頃、雪の重みで家が倒壊したって話をしただろう？　あのとき、雪の中に半日埋まっていたもんだから、凍傷でやられちまったんだ。奇麗さっぱり耳殻が取れた」

両耳を失くして、初めて鏡を見たとき。俺はあの瞬間におぼえた感覚だけは、忘れることができない。鏡を見る前の世界——自分をじっと見つめるこの少年に出会う前の世界に、これから何が起ころうと、自分はもう戻ることはできないのだと俺は感じた。「恐怖」という言葉を聞くと、いまでもあの瞬間を思い出す。

「小学校時代は名字に引っかけて『耳なし』なんて呼ばれて笑われたよ。国語の時間に『耳なし芳一』をやったときに、クラスメイトの一人が上手《うま》い語呂《ごろ》合わせに気づきやがったんだ。あれは『みなしご一郎』よりも、ずいぶんこたえた」

俺は壊れたヘッドフォンに目を落とした。

「でも、俺は負けたくなかったんだ」

当時の俺は、自分の外見と聴力に、強い劣等感を抱いていた。だからこそ俺は、この耳を誰の耳よりも素晴らしいものに変えてみせようと考えた。独学でオーディオ回路や補聴器の構造を勉強し、カセットプレーヤーを改造した自作アンプを使ってみたり、市販の補聴器に細工を加えてみたりしているうちに、いつのまにか——このヘッドフォンが出来上がっていた。

「しかし、まさかこんなものをつくって盗聴専門の探偵事務所を開業することになるなんて、思ってもみなかったけどな」

グラハム・ベルは補聴器の研究中に偶然電話を発明したそうだが、どこかで一歩間違えば、彼も探偵になって殺人事件に巻き込まれていたかもしれない。

「人生、どう転ぶかわからないものね。その受信機は、私もすぐれものだと思うわ。一見するとただの大きなヘッドフォンにしか見えないもの」

「まあ、じつはそれほど大した代物《しろもの》でもないんだけどな」

このヘッドフォン型受信機の構造自体は、単純なものだ。

通常は箱型の電波の受信機を、小型化して頭に嵌《は》められるようにしてあるだけだ。単純なボタン操作でチャンネルを切り替え、受信するＦＭ電波の周波数を変えられるようになっている。盗聴器のほうは「FM飛ばし」と呼ばれる方式で、それぞれが専用の周波数に音を乗せて送っているので、建物の要所要所に仕掛けておけば、どこでどんな音が鳴っているのかをこのヘッドフォン一つで簡単に聴き取ることができるというわけだ。仕組み自体は、電気街や通信販売で売られている盗聴システムとそれほど変わらない。

「黒井楽器ビルに仕掛けてある盗聴器は、回収したの？」

「いや、まだだ。警察の姿が見えなくなったら回収に行こうと思ってる」

あそこには、いたるところに俺の盗聴器が仕掛けてあった。廊下のダクトの中、蛍光灯のボックスの裏、金庫の下、コンセントの差込口の奥、そして、屋上のベンチの裏。清掃業者のアルバイトを装《よそお》ってビルに入り込んだとき、少しずつ仕掛け、バッテリーも定期的に交換していた。盗聴器は小型で、招き猫の中にだって隠せるほどの大きさだ。

「――私に仕掛けた盗聴器も、返しておくわ」

冬絵は上着のポケットから小さな四角い機械を取り出した。彼女が俺の部屋から持って帰った、フルチのビデオテープに仕込んでおいたものだ。

「いつ、気がついたんだ？」

「四菱エージェンシーの連中に連れ去られる直前。マンションの下に、あいつらがやってきたのが見えたとき、もしものときにあなたに連絡する手段はないかと考えたの。そこで、ひらめいたのよ。あなたはずっと私の行動を気にしていたし、アパートのみんなが集まった日に、わざわざ私にビデオテープを持って帰るよう勧めたでしょ。だから、もしかしたらあなたはその中に盗聴器を仕込んでおいたんじゃないかって。で、急いでビデオテープを割ってみたら、やっぱり出てきた」

「あれは、すまなかった」

「事務所の箱の中にあったビデオテープ、ぜんぶに仕掛けてあったの？」

「いや、きみの持っていった『サンゲリア』だけだ。俺も、きみの部屋を盗聴するのはさすがに嫌だった。でも、きみが殺人事件に関わっているんじゃないかという疑いに頭を悩ませてもいた。——だから、運を天に任せようと思ったんだ。あれだけあったビデオテープの中の一本だけに、俺は盗聴器を仕込んでおいた」

「そしたら、私がそれを選んでしまったというわけね」

「そういうことだ」

俺は冬絵の手から、小さな四角い機械を受け取った。

ビデオテープに盗聴器を仕込んだときは、まさかそれが冬絵を助けることに役立つとは思ってもみなかった。冬絵と連絡がつかなくなった今朝、俺は微《かす》かな可能性に賭《か》けて、ヘッドフォンのチャンネルをこの盗聴器の周波数に合わせていた。すると、一瞬だけ、四菱エージェンシーのヴァンの中で冬絵が助けを求める声が聴こえてきたというわけだ。ヴァンがすぐ近くを通り過ぎた、あのとき。

「私を助けてくれたヘッドフォンも、壊れちゃったわね」

「まあ、そのうちまた新しいのをつくるさ」

こんどはニット帽型のやつを考えていた。場所によってはヘッドフォンよりも、ずっと自然だろう。

「でも、もう私には盗聴器をしかけたりしないでね」

「当然だ。あれだけは、ほんとうに反省してる」

「そんなことをする必要ないように、私も、なるべく声の届くところにいるわ」

冬絵はしばらく沈黙し、思い切ったようにまた口をひらいた。

「三梨さん——秋絵さんとの関係を、あなたは友人だったって言ったけど、私は違うと思う」

「だから、そういうアレじゃないって言ったろうが」

俺は慌《あわ》てた。いまさら何を言い出すのだ。

「俺と秋絵は——」

「あなたはそうだったかもしれない。でも、秋絵さんはきっと、あなたのことが好きだったんだと思う。あなたといっしょに暮らした一年間、ずっとあなたのことを想《おも》っていたんだと思う」

「秋絵が？　まさか」

俺は笑い飛ばした。

「私にはわかるの」

「どうしてきみに？」

…………。

一瞬の間があった。

そして、頭上に並んだいくつかの窓が、がらりと同時にひらかれた。

「びだし、おべえ、とうとうおっだゲットしたか！」

「あんたたち、こっちが恥ずかしくなるような会話つづけてるんじゃないよ」

「三梨さん冬絵さん、僕いいデートスポットたくさん知ってますよ」

「冬絵さんはいっそここに引っ越してきちゃえばいいわ」

「そうすればあたしたちと晩ご飯を食べたりもできるわ」

「むぽっ！」

本気で溜息《ためいき》が出た。

「とんでもねえ奴《やつ》らだな……」

俺はアパートの連中を睨《にら》み上げた。

「いつからそこで盗み聴きしてたんだ？」

「最初からさ！」

まき子婆《ばあ》さんが代表して答えた。

「こっちはみんなして窓に張りついて息を荒げてたってのに、あんた、まったく気づかないんだからね。あんたの耳は、盗聴器がないと相変わらず役立たずだね！」

「そんなことはねえよ。ただ、いまはちょっと——話に夢中だったから」

俺の言葉をどう捉《とら》えたのか知らないが、一同は、わーと同時に歓声を上げた。

「それにしても、あんた」

まき子婆さんが顎《あご》を突き出していきなり怖い顔をする。

「あたしらのこと、猿だとか言ってなかったかい？」

「ああ、それは……」

俺はいま一度溜息をついた。真面目《まじめ》な言葉を返すのがなんだか面倒くさくなってきた。

「言葉の綾《あや》だよ」

37 愚者

そういうわけで、冬絵は正式に探偵事務所ファントムのスタッフとなった。

冬絵のために借りていたマンションは本人の希望により解約し、彼女はこのローズ・フラットの空き部屋に入居した。

ある日、谷口楽器との契約時に伝えておいた俺の口座に、谷口勲の名でいきなり大金の振込みがあった。調査が成功した場合に支払われることになっていた金の、数倍もの額だ。振込みと同時に、谷口から俺宛《あ》てに親展が一通送られてきた。その内容によると、あれから刈田は谷口にすべてを告白し、搔《か》き集めた金でこれまで横領した分の金を返還した後、経理部の牧野とともに、めでたく退職となったらしい。俺の口座に振り込まれた金は、おそらく口止め料なのだろう。ありがたく受け取ることにした。

その後、刈田と牧野が逮捕されたことを新聞で知った。殺人およびその共犯の容疑だ。これは自首や、谷口の告発によるものではなく、どうやら警察の懸命な捜査の結果らしい。取調べの際、もちろん四菱エージェンシーや、田端という女探偵の名前が出てきたようだが、捜査の手が冬絵に届くことはなかった。どうやら四菱が、「田端というのは偽名で、事件の直後に姿を消してしまったので、彼女のことはよくわからない」というような供述をしてくれたらしい。なかなかいいところもあったようだ。俺と冬絵は、揃《そろ》って四菱に救われたというわけだ。もっとも俺の場合は、四菱本人にではなく、奴のゴム人形に救われたのだが。

もちろん警察は、四菱の言葉をすぐには信用せず、四菱エージェンシーの事務所を家宅捜索した。しかし、あそこは紙文書を一切使っておらず、すべてのデータは俺が奪ったあのデータサーバーに保管されており、そのデータサーバーはなんと、俺がこの事務所から宅配便で送り返す際に「こわれもの」扱いにしなかったため、中のデータがぶっ飛んでいて、修復もできず、すっかり使い物にならなくなっていた。四菱も俺たちも、お互い、助かったというわけだ。

そしてふたたび、大きな成功もなければ偉大なる失敗もない、俺の日常がはじまった。ひどく騒々しいところから、ようやく静かな場所へと帰ってきたような気分だった。

今回の出来事の中で、俺は何だかずいぶんといろいろな記憶をいっぺんにさらった気がする。そのうちのいくつかは、しばらく経《た》てばまた忘れてしまうのだろう。しかし別のいくつかは、きっと死ぬまで俺の頭の隙《すき》に居座るに違いない。その選択——何を忘れずにいるかという選択が、また俺の生き方を少しずつ左右していくことになる。いままでのように。

人間というのはけっきょく、記憶なのではないだろうか。姿かたちが人間をつくるのではないし、見聞きしてきた事実が人間をつくるのでもない。事実の束をどう記憶してきたか。きっと、それが人間をつくるのだろう。そして、事実の束をどう記憶するのかは、個人の勝手だ。自分自身で決めることなのだ。

そんなことを考えていたら知恵熱が出て、俺は二日間寝込んだ。

《さあ、それではいってみましょう、今週のマニマニマニアック・クエスチョン！（ABBA“Money, Money, Money”のサビがワン・フレーズ）》

午前七時二十分。隣室のラジオで目が覚めた。額に手をあててみると、どうやら熱は下がっているようだ。

《まずは先週の問題の正解から。トランプの中で、一枚だけマークが大きく印刷されているのはどのカード？——はい、正解は》

「スペードのエース」

《スペードのエースでした！　時は十七世紀。当時のイギリス政府は、国中で流行していたトランプに税金をかけることを考えました。そこでスペードのエースだけを政府側で印刷し、業者に高値で販売することにしたのです。しかし単純な図柄だと、偽造されてしまう可能性がある。だからあのように、大きくて複雑な図案になったというわけ》

「へえ、そのへんは初耳だな……おお寒《さむ》」

俺は布団《ふとん》の上に起き直った。俺の隣では、冬絵が顔の横に朝日を浴び、小さな寝息を立て、ときおりむにゃむにゃとよく聞き取れない寝言を言っている——ようなことはなかった。もはやこのアパート内ではそんなことは不可能だ。近頃あの連中は、俺たちをひやかすネタを四六時中探し回っている。

朝刊を適当に読み流し、ニット帽型受信機の製作をちょっと進めたところで、帆坂くんが出勤してきた。

「熱、下がりました？」

「おかげさまでね」

帆坂くんはにこにこと嬉《うれ》しそうに笑ったかと思うと、急に眉《まゆ》を寄せて声を落とした。

「ところで、三梨さん。僕ゆうべふと思ったんですけど――谷口勲って人から振り込まれたお金、やっぱり返却しなきゃならないんですか？」

「返却？　どうして？」

「だってほら、横領も殺人もぜんぶ明らかになっちゃったんですから、あれが口止め料だったとすると――」

「気にする必要はないさ。貰《もら》っちまおう。ちょうど今日、早速その金の一部を使ってくるつもりだ」

「え、何に使うんです？」

「ちょっとした買い物だよ」

事務所のドアを出ると、廊下の先から冬絵が歩いてくるのが見えた。寒そうに背中をこごめ、眼を細めている。あれから彼女が壊れたサングラスを買いなおすことはなかった。

「あ、お早う。調子よくなったみたいね。手ぶらで、受信機なしってことは、買い物か何か？」

「ご名答」

「私も行くわ、暇だし」

「いや、勘弁してくれ。一人のほうが気楽だから」

俺は階段を下り、ミニクーパーに乗り込んだ。駅方面へと走り、デパートを何軒か回って、たくさんのクリスマスプレゼントとワインを買った。臨時収入を仲間で分け合うのは、俺の主義だ。昼過ぎ、俺はワインの瓶と、たくさんのプレゼントの箱と、もう一つ、ちょっと高価なものの入った小箱を抱えて事務所に戻った。ひと声かけると、アパートの連中はすぐに集まってきた。野原の爺《じい》さんが連絡したらしく、『地下の耳』のマスターまでやってきた。しょぼくれた顔をちょっと嬉しそうにして、酒瓶をたくさん抱えていた。少し前に俺と二人で「お別れ会」をやったことなどすっかり忘れているようだ。

事務所の狭いキッチンで、冬絵がクリスマス料理をつくってくれた。いつだったか、彼女は「料理は苦手」などと言っていたが、どうやらあれは嘘《うそ》だったらしい。てきぱきと包丁をさばく冬絵を、帆坂くんは憧《あこが》れの眼差《まなざ》しで眺めていた。

俺のプレゼントを、みんなは気に入ってくれた。ジャックには松阪牛、冬絵にはシープスキンのマフラー、帆坂くんには日本地図をモチーフにした布製カレンダー、彼の母親と二人の弟に、首マッサージ機とオイルタイプの万華鏡《まんげきょう》と木枠のフォトスタンド、野原の爺さんには有田焼の徳利とお猪口《ちょこ》、まき子婆さんには飛騨《ひだ》高山の欅《けやき》で彫《ほ》られた高級孫の手、トウヘイには電子ダーツセット、トウミとマイミには、何だかよくわからないが店員に選んでもらったキャラクターグッズの詰め合わせ。彼女たちには、後日、コンパクトなステレオセットが届く手はずになっていた。あれが来れば、ラジオの音も、いまより格段によく聴こえるだろう。

ちょっと高価なものの入った小箱だけは、誰にも見つからないよう、俺が使っている枕《まくら》の中に突っ込んでおいた。いつまで突っ込んでおくかは未定だ。数ヶ月かもしれないし、数年かもしれない。もしかしたら枕から取り出すことなどないのかもしれない。

俺たちはピザを取り、酒とジュースで散々騒いだ。トウヘイは例によってトランプを飛ばしたり咥《くわ》えたり耳に挟んだりして悦に入っていた。

「そういえばトウヘイさん、この前僕が焼き豚切ってるとき、みなさんにカードを配ってましたよね」

帆坂くんの頬は飲み慣れない酒で桜色に染まっていた。

「どんなカードを配ってたんです？」

トウヘイは満面の笑みをたたえて千手《せんじゅ》観音のように両腕を素早く八方に突き出した。大袈裟《おおげさ》なパフォーマンスのあと、野原の爺さんの膝先《ひざさき》には、手に何も持っていないクィーンが四枚、トウミとマイミの前にはハートのキングがないフェイスカードの束、まき子婆さんの手の上にはジョーカーが配られた。あのときと同じカードだ。

「ああ、なるほど！」

勘のいい帆坂くんは、すぐに意味がわかったらしい。ぱちんと手を打って細い頭を揺らした。

野原の爺さんの、手ぶらのクィーン——本来クィーンはその手に必ず「花」を持っている。これは「鼻がない」の洒落《しゃれ》だ。

トウミとマイミの、ハートのキングがないフェイスカード——フェイスカードに描かれた人物の中で、ハートのキングだけが両腕を持っている。

まき子婆さんのジョーカー——これは単に「ババ」だろう。

どれも、トウヘイだからこそ許されるネタだ。

「そうだ、トウヘイ。冬絵という新しいスタッフを迎えたこのファントムの、来年の運勢でも占ってくれよ」

俺が頼むと、トウヘイは嬉々《きき》としてトランプのひと組を空中に出現させた。そのとき、珍しく玄関の呼び鈴が鳴った。帆坂くんが応対に出る。ドアの向こうで、ぼそぼそと低い声で会話するのが聞こえてきた。

「ぶしっ！」

トウヘイがカードを右手から左手へと飛ばし、その中から三枚のカードを唇で挟んだ。一枚を冬絵に、二枚を俺に渡す。

「どれどれ、来年の運勢は、と――ん？」

俺は自分のカードを見て首をひねった。冬絵のカードを覗《のぞ》き込み、そちらも確認する。

「同じだな……」

「同じよね……」

あのときと、まったく同じカードなのだった。冬絵とここで鍋《なべ》を食べた日の翌朝、廊下でトウヘイが俺たちに渡したカード。俺にはジョーカーとスペードのエース。冬絵にはダイアのクィーン。俺のほうは、ジョーカーが谷口楽器の刈田で、スペードのエースが凶器の包丁だったはずだ。そして冬絵のほうは、彼女が金銭目的で悪巧みをしている、というような意味だった。どちらも、もう過ぎたことなのだが――。

「ん……あ？」

しばらく考えているうちに、急にひらめいた。冬絵のダイアのクィーンの意味が、ぱっと頭に浮かんだ。にやりと唇を曲げ、トウヘイを見る。トウヘイもまた口許《くちもと》を緩めて俺を見ていた。

「ダイアのクィーン、か」

何でも、お見通しだったってわけだ。

俺は視線を部屋の隅に移す。無造作に転がった俺の枕。あそこに突っ込んである小箱の中身は、もしかしたら来年のうちに渡すことになるのかもしれない。

誰かが何か勘づかないうちにと、俺は自分のカードに向き直った。

「それにしても、このジョーカーとスペードのエースは何なんだ？」

「あの、三梨さん……」

帆坂くんがドアの向こうから顔を覗かせた。

「税務署の人がいらしてます。この事務所の経営者に、追徴課税の支払い義務が生じているとかで、利子も加算されて、金額はざっと……」

帆坂くんは驚くべき数字を口にした。その場の全員が口をあけた。玄関先から、四角い眼鏡をかけて丁寧に髪を撫《な》でつけたスーツ姿の男が、どうだというように俺に視線を向けていた。

「なるほど……ジョーカーと、スペードのエースか……」

俺は下を向いた。つぎの瞬間、ぐっと鼻を詰まらせた。

「ジョーカーと……スペードのエース……ぶ」

肩が震え、腹が震えた。とうとう俺は声を上げて笑い出した。

スペードのエースは、どうやら「税金」の意味だったらしい。

ジョーカーは「愚者」のカード。何のことはない、俺自身だったのだ。

笑いつづける俺を、玄関先から税務署の職員がぎょっとした顔で眺めていた。


年が明けた。追徴課税は痛かったが、谷口勲から振り込まれた金のおかげで、生活や事務所の経営は悪くないスタートを切ることができた。あるとき、ちょっと時間ができたので、俺は美容外科に行った。テレビでＣＭもやっている、あのけっこう名の知れた医院だ。俺は医師に、つくりものだとわからないような耳をつくることができるかと訊《き》いた。相手はできると答えた。エピテーゼと呼ばれる、人間の身体《からだ》の欠損した箇所を補う装具があるのだそうだ。いくつかサンプルを見せてもらうと、耳はもちろん、指や鼻なども、うぶ毛の一本一本まで精巧に植えつけてあり、ほんもののそれと見分けがつかないような代物《しろもの》だった。俺は自分の耳を二つ作製してくれるよう依頼した。アパートを出るとき、野原の爺さんにも、鼻をつくるかと訊いてみたのだが、「いばさらいらでえよ」と笑われた。

一ヶ月ほどすると、耳は完成した。俺はそれを装着してもらい、事務所に帰った。鏡に映る俺は、どっからどう見ても、世間で言うところの「普通の人」だった。

「いまの技術って、すごいのね」

「いいですよそれ、三梨さん」

冬絵と帆坂くんは俺の顔を見てしきりに感心した。

「いままではほら、初回の面会で気味悪がって逃げ帰るクライアントもいたからな。これを着けていれば、そういった連中も逃さず捕まえることができる。金もこれまでより多く稼げるってわけだ」

そして、数日後。

新しいクライアントとの打ち合わせを終え、アパートに戻ってきた俺は、二階の廊下でびくりと立ち止まった。事務所のドアの中から「どわあ！」「うわあ！」という声が同時に聞こえてきたからだ。

「何だ、どうした！」

慌《あわ》ててドアをあけて飛び込むと、冬絵と帆坂くんが、部屋の床に転がっている二つの肌色の物体を見下ろして固まっていた。

「もう、変なところに耳を置いていかないでよ！」

「びっくりするじゃないですか！　餃子《ギョウザ》のお化けかと思った」

「ああ何だ、それか……」

　何事が起きたかと思った。

「三梨さん、耳、つけないの？」

「せっかくつくってもらったのに」

　二人は俺の顔と、床の耳を、きょろきょろと見比べた。

　俺は説明した。

「その耳、なんだか少し、でかいような気がしてな」

　もう一つ。

「それに、ちょっと気がひけるんだ。どうも人を騙《だま》してるようで」

　俺を見て逃げ帰るクライアントも、たまにはいるだろう。

　しかし、眼に見えているものばかりを重要視する連中に、俺は興味はない。

　ちょうどいいのかもしれないな、と思った。

解説

佐々木敦

本書『片眼の猿』は、二〇〇七年二月に単行本が上梓《じょうし》された、道尾秀介の長編第五作である。ホラーサスペンス大賞で特別賞を受賞した二〇〇五年のデビュー作『背の眼』、この作家の評価を決定付けたといっていい恐るべき傑作『向日葵《ひまわり》の咲かない夏』、『背の眼』に登場した「心霊探偵・真備《まきび》庄介」と「作家・道尾秀介」のコンビによるシリーズ第二作『骸《むくろ》の爪《つめ》』、二〇〇七年の「本格ミステリ大賞」を射止めた『シャドウ』と、たったの二年間で瞬《また》く間にミステリ界の寵児《ちょうじ》となった驚くべき才能の持ち主が、前作の息詰まるような濃密さから、やや筆致をギアチェンジして、一見したところライトなハードボイルド調の物語に挑んでみせた、のちのヴァラエティに富む作品群へのブリッジになったとも言える作品である。

さて、僕はいま「一見」と書いた。既に読了された方は大いに頷《うなず》いていただけると思うのだが、この『片眼の猿』は実のところけっして「ライト」な内容ではない。あの衝撃的な『向日葵の咲かない夏』と較《くら》べても、インパクトにおいてもディープさにおいても、まったく引けを取らないような「結末＝真相」を持っている。しかし本書の文体はあくまでも軽やかであり、『向日葵』や『シャドウ』よりぐっと読みやすい。これは明らかに意図的に選ばれたスタイルだと思われるのだが、重要なことは、そんなリーダブルな文体の選択そのものが、作者がここで最終的に提示しようとしているテーマの重さ、その真摯《しんし》さと深い所で結びついているということだ。作者が本作で読者に対して訴えかけようとした主題を、もっとも伝わりやすく、もっとも効果的なものにするためにこそ、この作品は「一見」ライトなハードボイルド小説の形を取る必要があったのである。

　道尾秀介の作品は、トリッキーなサプライズ・エンディングと、それと密接に繋《つな》がった伏線の巧みさによって、本格ミステリの世界で高く評価されてきた。だがしかし彼自身は、インタビューやエッセイなどにおいて、「自分が描きたいのは〝人間〟であって、ミステリという形式はそのために選び取られているに過ぎない」といった意味の発言をしばしばしており、自作を「ミステリ」の解読格子である「叙述トリック」や「伏線」といったテクニカルなキーワードでばかり云々《うんぬん》されることへの違和感や、時には嫌悪《けんお》感さえ表明している（僕も本人から直接そうした発言を聞いたことがある）。「本格ミステリ」としての疑いもなく高度な完成度や際立《きわだ》った独創性と、ジャンルとしての「本格ミステリ」への微妙な（ある意味では根本的な？）距離感が同居しているのが、この作家の特徴だと言える。ここでジャンルとしての「本格ミステリ」というのは、何らかの「事件

（多くの場合は殺人事件）」に「探偵（かそれに相当する人物）」が対峙《たいじ》する、奇抜な「謎《なぞ》」とその「合理的な解決」を主眼とする物語形態のことだ。だが、それは裏返せば、「人間」を描こうとするのに、他のさまざまな小説形式よりも「本格ミステリ」という形式の方が、はるかに優れていると道尾秀介が考えているということでもある。実際、彼は「本格ミステリ」というレッテルへの違和感と同時に「本格ミステリ」への強い信頼感も何度となく口にしているのだ。

道尾秀介のデビューから二十年も昔の出来事になるが、八〇年代に相次いで現れた綾《あや》辻行人《つじゆきと》・法月綸太郎《のりづきりんたろう》・我孫子武丸《あびこたけまる》などのいわゆる「新本格ミステリ」の作家たちについて、一部の書評家から「人間が描けていない」などといった批判が為《な》されたことがあった。「本格ミステリ」は、その性質上、どうしても知的遊戯的な傾向が強くなりがちなものだが、「新本格ミステリ」の作品は、その部分があまりにも肥大し過ぎており、登場人物が単なる「推理ゲーム」のコマでしかなくなっている、そこにはマトモな「人間」性が微塵《みじん》も感じられない、というのが、その批判のおおよその骨子だった。この「批判」がどの程度正鵠《せいこく》を射ていたのかという点はここでは問わないが（僕はまったく間違っていたと思っている）、肝心なことは、「新本格ミステリ」のそれ以降の歩みが、明らかにこの「批判」を内在化していったということである。つまり「人間を描く」ということが「本格ミステリ」にとっての、いわば潜在的な命題になっていったのだった。

だがしかし、そもそも「人間を描く」とはどういう意味なのだろうか。どうすれば「人間」を描いたことになるというのだろう。いわゆる「文学」と呼ばれるものにだって、ほんとうに「人間」を描けていると言える作品が、一体どのくらいあるというのか……考え始めたらきりがないが、ひとつ言えることは、たとえば猟奇殺人者の心の闇《やみ》に迫ってみたり、社会的矛盾を背景とした犯罪の動機を考案したり、キャラクターの特異な生き様を活写しようとしたりするだけで「人間」を描いたことになるのだったら、それはあまりにも浅はかだろうということだ。そうではなく、むしろ「本格ミステリ」が「本格ミステリ」であること、そのアイデンティティが、そのまま「人間を描く」ことに直結・連関するのでなければならない。そして道尾秀介こそ、この難問に、ひとつの答えを出してみせつつある重要な「本格ミステリ作家」だと、僕には思えるのだ。

たとえば「心霊探偵・真備庄介シリーズ」を例として、道尾秀介の「人間」への取り組みについて述べてみよう。今のところ『背の眼』『骸の爪』の二作が発表されているこのシリーズは、『姑獲鳥《うぶめ》の夏』に始まる一連の「妖怪小説」との類似をしばしば指摘されている。確かに、作者が京極作品を踏まえていないとは思えないが、しかし二人の作家のシリーズには本質的と言ってよい違いがある。それは「犯人」の「動機」ではなく「探偵」の「動機」に関わるものである。片や「妖怪」片や「心霊」ではあるが、どちらも人間の仕業とは思えないような超常的な事件が起こり、探偵の名推理によって、それが神秘的な出来事ではなく、人間の仕業であったことが判明する、という点は共通している。「妖怪小説」の探偵役（このシリーズには「探偵」と呼べる存在が複数居るが）である「京極堂」こと中禅寺秋彦の決め台詞《ぜりふ》は、周知のように「この世には不思議なことなど何もない」である。つまり彼は「妖怪」に関する膨大な知識を持ってはいても、実は世の中の神秘を認めない合理主義者なのだ。そして、それゆえに京極の「妖怪小説」は「ミステリ」なのである。「謎」に対する「合理的な解決」が「ミステリ」には必須《ひっす》なのだから。

「真備霊現象探求所」を営む真備庄介も、「探偵」である以上は「謎」に「合理的な解決」をもたらす。彼は霊が起こしたとしか思えない事件の現場に出向いてゆき、最終的にはそれが霊現象などではなかったことを見抜く。しかしそれは、彼が京極堂のように「この世には不思議なことなど何もない」という確信を持っているからではない。むしろ京極堂とは正反対に、彼はこの世に霊が居てほしいと願っているのである。実は彼には愛する者を喪《うしな》った経験がある。もしも霊が存在するのなら、自分はいつかふたたびその人と再会することが出来るのではないか……だからこそ真備は、霊の存在を確認させてくれるかもしれない事件のことを知ると、そこに赴く。そしてしかしいつも、やはり霊など居なかった、不思議なことなど何もなかったということを、自らの願いとは逆に、自らの推理によって導き出してしまうことになるのである。

大袈裟《おおげさ》に言うのではなくて、このことを知ったとき、僕は道尾秀介という作家を根本的に信用できると思った。と共に、これこそが「人間を描く」ということではないかと思ったのだ。「この世には不思議なことなど何もない」という合理的な精神は、いわば「ミステリ」の原理である。だが、その絶対的な正しさからは、ならばなぜ人間は時として「不思議なこと」を信じてしまうのか、なぜ「不思議なこと」を求めてしまうのか、必要とするのか、という問いへの答えが出てこない。それは単にそんな人間が愚かだから、ということになってしまう。しかし道尾秀介は、真備庄介という「探偵」を通して、「不思議なこと」など何もない筈《はず》の世界で、にもかかわらず「不思議」を必死で信じざるを得ない「人間」の弱さに向き合おうとしている。

ほぼ同様のことが、本作よりも後の作品である『ソロモンの犬』に登場する動物生態学の助教授、間宮未知夫（素晴らしく魅力的な人物！）によって「神」についても語られる。神様が本当にいるのかどうかということよりも、いてほしいという気持ちが重要なのだ。それもまた弱さかもしれない。だが「人間」とは、そのような「弱さ」を抱え持った生き物なのであって、そしてだからこそ「人間」なのだ……僕はこのような姿勢こそ、道尾秀介の作品に通底するものだと思う。「人間の弱さ」に向けた、誠実で優しい、あるいは時には厳しく残酷でもあるような視線こそが、この作家の「ミステリ」の核心なのだ。

というわけで、やっと『片眼の猿』の話に戻るのだが、この作品は「真備庄介シリーズ」とは違って心霊現象などは出てこない。だが、底を流れる「視線」は同じものである。物語の結末近くで明かされる幾つかの真実は、この作家ならではの周到なミスディレクションによって巧妙かつ大胆不敵に隠されており、その鮮やかさに思わず声を挙げる（挙げた）方も多いに違いない。しかしその後で、なぜ自分は騙《だま》されてしまったのだろうかと自問自答する内に、この小説の最後から二番目の文章がじわじわと効いてくることになる。「眼に見えているものばかりを重要視する連中に、俺は興味はない」。

この一文が意味するものは、驚くほどに深い。僕たちはとかく知らず知らずの内に、自分が見たいものを見たいように見ており、見たくないものは（見えているのに）見ていない。それは錯覚という知覚の問題を超えた、心の成せる技であって、そこにも「弱さ」が露呈している場合がある。「錯覚」もまた「ミステリ」における重要な要素であり、本作以外の道尾作品にも効果的に導入されているが、それは決してトリッキーな狙《ねら》いのみによるのではない。そこには常に、この作家が「人間」に向ける透明な視線がある。しかも、そんな視線によって露《あら》わになる「錯覚」と「真相」は、僕たちが日常生活や人生において否応《いやおう》無しに抱え込むことになる、欠損や喪失などと呼ばれるものを、それがもたらす「弱さ」はちゃんと受け止めた上で、しかしポジティヴに転化させてゆこうとする意志を感じさせてくれるのだ。ラストで明かされる「真相」の重さと、それとまったく矛盾しない、どこか清々《すがすが》しい明るさとのコントラストには、作者の希望が込められているのだと思う。

道尾秀介は、長い歴史を有する「本格ミステリ」の成熟と進化、その「未来」を一身に体現する稀有《けう》な才能である。そしてそれは、彼が誠実なひとりの優れた「小説家」であることと同義である。これまでに発表された全作品の中でも格段のリーダビリティを誇る本作には、そんな彼のエッセンスが詰まっている。

（二〇〇九年五月、批評家）

この作品は二〇〇七年二月新潮社より刊行された。

片眼《かため》の猿《さる》—One-eyed monkeys—

新潮文庫 み-40-2

平成二十一年七月一日発行
平成二十六年六月五日十五刷

著者 道《みち》尾《お》秀《しゅう》介《すけ》

発行者 佐藤隆信

発行所 株式会社 新潮社

郵便番号 一六二-八七一一
東京都新宿区矢来町七一
電話 編集部(〇三)三二六六-五四四〇
読者係(〇三)三二六六-五一一一
http://www.shinchosha.co.jp

価格はカバーに表示してあります。

乱丁・落丁本は、ご面倒ですが小社読者係宛ご送付ください。送料小社負担にてお取替えいたします。

印刷・三晃印刷株式会社 製本・株式会社植木製本所

ISBN978-4-10-135552-8 C0193